长安乱

韩寒 著

天津出版传媒集团
天津人民出版社

序

首先我要说，这其实不是一部武侠小说，这只是一部普通小说，只是安排它发生的时间比较早而已。不过着实没有办法，因为我感觉古人动不动就打起来。不安排在现代可能是觉得写从前根本没有的事情似乎比较自由，尽管历史的现实和小说也有很大不同，比如少林从来没有被谁火烧过，古人也不能随便拿着刀满街乱跑，事情的性质和后果就和现在你拿着枪满街乱跑是一样的。

其实这是很早就有的一个想法，可是很难。倘若发生在现代，你无须让自己有所变化，白天发生什么甚至晚上就可以写进去，但古代的事情就没那么简单。我突然很理解为什么要躲起来写，我一直觉得每时每刻都可以写，但事实不是这样，连我这样宽容的对条件不苛刻的人都无法忍受你在书里探讨这把剑有多么好是皇上赐的什么的时候，突然手机响了朋友告诉你一会儿一级方程式比赛就要开始了。

不知道作为一本书的创作者是自己入戏其中不能自拔并且把自己安排到书里一个角色比较好呢，还是在上面冷眼看着自己笔下一堆人做一些自己安排的事情并时不时议论几句比较好。我想这本书是属于后者的，不幸的是我用的是第一人称，这让人很痛苦。

虽然我一向觉得对小说来说文字是最重要的，思想是其次，但事实谁都想在自己的小说里探讨一些问题，我事先有很多想法，结果发现都没有实现。而小说带给人的思考就好比一首歌带给人的回忆一样，是因人而异的，我不能清楚地告诉你们我的想法，因为我有时候都完全不知道自己的想法，结果总是能用一句话形容，过程却半天都说不清楚。

最后我发现小说可能完全不是我事先想象的那个样子，不过也没有关系，无论如何，我都喜欢其中的一些部分、一些章节、一些对话。不爱那么多，只爱一点点，有的时候也不错。倘若你爱那么多，就如同写《三重门》那样，想每一句话都精彩，除了让人感觉这不是小说以外，自己也很累，谈过恋爱的都知道。

说实话，我对这本书没有什么很大的把握，因为有的时候写得大脑一片空白，实在不知道里面的人物在干什么；或者有一段自己特别想写的，但又不得不为此做一些漫长的铺垫。所以，一点点，就可以，倘若什么都是一点点，我想人一定活得很开心。

韩寒

1

我出生未知，父母不详，却不知为何有一个师父。我从小受困，四面高墙，一样不知为何。

我懂事的时候命运安排我目睹武林中最浩大的一场比武。

当时江湖中有两个派系，便是少林和武当。少林的势力比武当强大一点，因为大家都觉得长头发很难打理。少林信仰佛教，抛去一切的表面或者深刻，年幼的我觉得它讲究的是“忍”字，派中高手和普通人的区别就是“忍”的度，高手的出手总是那么时机恰当，有时候一样的事情在不同时间做会有不同的效果。

师父写下：时，空，皆无法改变，而时空却可以改变。这很难理解，我的早期理解是一个逗号可以改变一切。

师父说：不，你仔细看。

我说：上句和下句就一个逗号之差别。

师父说：你只看到表面，你仔细看，差别不只一个逗号。

从日落到日出，我将手上捧的俩字看到快不认识了，师父将我叫入房中说：你看出差别了吗？

我说：我只看出一个逗号的差别。师父说：你已离答案很近，但是离答案越近，便越容易找不到答案。

我跪在地上请求师父参破。

师父说：看，其实是两个逗号。

少林武当的恩怨由来已久，分歧愈发明显后，少林内部便更加严格。秋天时候，师父下令统一江湖中所有少林子弟的服饰，但是麻烦随即而来，服饰统一后，坊间便有伪造，一些人购得少林服饰后，打劫拐骗，严重蛊惑民心。师父十分疑惑，为何没有人冒充武当？我说：武当上下皆是便衣，不过师父宽心，武当作恶多端，已经不需要冒充，而少林形象一向很高，所以才会有人受骗。

师父听了没表情，觉得外表只是次要，而外界纷扰，清者自清，关键在修行上要和武当有所区别。“忍”字是种技巧，刃悬于心，退一寸不成忍，进一寸不成仁。我们静静思索忍的度。其实忍字不难，不就是憋着吗，关键是“度”难以掌握。倘若出手太早，我等便和武当没有区别，这是少林的大忌；倘若出手太晚，我等已然被打死，自然很愚蠢。

我的师兄叫释空，师父应该很不喜欢他。他的身世很特别。我们一起出去，最先动手的永远是他，关键是他并不具备我佛精神，不光在我们中间他最先动手，甚至在敌我之间他都是第一个。我想，他是只记住了师父一万多句话中的一句：忍无可忍，无须再忍。并且是后半句。

江湖中群龙无首的时候看似很乱，但群龙有首的时候其实更乱。我记忆中的那场比武很乱。大家靠口口相传，此事已经成为全国轰动的事件，圈内圈外更觉得这是今年唯一具有观赏性的赛事，只是人多口杂，在传播过程中出现了很多不可避免的误差。好不容易统一了时间以后，地点上又出现了很多的传说，有说在府前广场的，有说在城外竹林的，有说在望江楼外的。而当时皇帝对张贴布告管理很严，所以传说只能如此继续。

那天，长安城大乱，城中各大广场竹林妓院客栈饭庄前都出现了千人以上围观人群，自发组成很多堆，各自坚信将目睹世代的交替。

武林中的想法是，比武在城中最高的地方举行，这样方便大家见证。长安最高的点莫过于朝中宰相开的怡春阁，可是当时楼下居然只有一些圈内人。为了权威和公正，大家决定将决斗推迟两个时辰。我记得很多少林的人都在城中宣传，决斗真正的地点是长安城最高的地方。江湖虽然是少数人的，但是江湖要多数人都看见。

两个时辰以后，负责传话的释空告诉我师父，怡春阁下依旧人群稀少。

师父对我说：你看，任何事情都要当机立断，不能一再拖延，和很多人有关联的，更不能一变再变，否则，谁都会对你失去信心。今日的决斗本是天下大事，可是民心已失，结局无论怎样，都在历史上有所遗憾。

说完，又有消息传来，城西一棵千年古树下围了上万人。师父当时很诧异。有人向他提议，那场比武可以移到那里举行，毕竟人少好迁移。师父说：不能在树上打，万一掉下来，那怎么办？长安再好也好不过这屋顶，告诉他们，在怡春阁屋顶上，朝廷就不管了，人那么多，朝廷也不好管。

口信发出去，民众又纷纷向怡春阁涌来。

那时我觉得，其实人民是愚蠢的。

少林的当家人慧竟和武当的当家人刘云此时已经从梯子上走上屋顶，两人对视站着，手背在身后，很威风。时辰到后，俩人的衣服都被风掀动了一下。我看见刘云掀起手掌发了暗器，慧竟微微闪了一下，那针刺入屋顶雕龙中，从龙额头刺入，却从龙须中探出针头，可是终究无力为续，卡在龙雕中。我看见慧竟用手指抽出镖，应该完全没有想到那针很阴险，没那龙头挡着还能回来。

那一镖极为隐蔽，我只能从他的袖口扬了一下判断镖已出手，而且速度应该很快，只是有点歪，擦破了刘云的耳朵。速度准度和隐蔽程度一直很难三全。这样已经很不错了。

下面围观的人大喊：快动手啊。

师父问我：几招了？

我说：两招，如果我们的镖没有毒，那应该没有胜负。

师父说：我们的镖没有毒。

我问：为什么我们的镖没有毒，寺里有很多天下奇毒的方子，用了我们今天就赢了。

师父说：毒别人的，终将毒到自己。而且镖没出手前，自己离危险是最近的。

刘云伸出手掌，往前走了一步，突然向慧竟猛冲过去。慧竟往后退了一步，但是我看见他脚尖触到瓦块的一刹那，那片瓦块移位比正常要大，而慧竟那步应该很用力，因为要支撑住身体，接刘云那一招。我感觉那片瓦会松塌。

那一步后，整片瓦都陷了，慧竟没站稳，从屋顶上往下滚。过程中，我看见他一直伸手要扒住瓦片，可是瓦片的方向和结构注定只能被掀掉。

一声巨响后，慧竟从屋顶上摔下来，腰撞到围墙，重重跌在地上，昏迷不醒。

下面马上骚动了。少林的人立刻围上去，而民众还愣在原地没有反应。武当的人个个笑逐颜开，因为在大家眼里，正常决斗过程就是俩人站半天没动静，少林那边第一个动作就是一脚踩空栽下去了。刘云在屋顶上高举双手。新的武林盟主就这样诞生。

虽然过程比较简单，但是观看的人群还是普遍觉得满意。首先，高手过招自然是几招的事情，况且一个人一生中能亲眼看见几回人从屋顶上栽下来。人群中大部分暂时还没弄明白是谁掉下来了，但是大家都以为，另外一方发了什么不知名神功，因为大家普遍觉得大地震了一下。

几天以后，传言将更加悬乎。

武当的人正要去接刘云，突然我师父说：少林弟子，把他们压下去，把梯子砸了。那年，少林就在长安附近，而武当远在千里外，所以少林来了数千人，武当只派了代表几百人。我们很快把他们围住。谁也没有出手。

刘云在屋顶上喊：给我冲进来，弄我下来。百姓们，我是盟主了，快拿梯子来。

而此时，怡春阁外已经没有看热闹的了。危难时刻，百姓的撤退总是那么神速。人已经一个没有，地上只有一棵大白菜还在打转。

朝廷的意思是，那是江湖上的事情，陆地是大，江湖是小，江湖的事情，我们管不过来，谁挑起的，还要谁解决。

高官们其实很关心这件事情，每天都有人偷偷探听消息。

首先，虽然皇帝淡化处理，但是谁都知道，这是国家的大事情。皇帝的风格是，越是大的事情，越要没有动静。朝廷的稳定和天下的安定很可能与这件事情有关联。其次，也是最关键的，只要刘云一天在屋顶上，怡春阁就一天不能开放。

僵持了十四天，刘云终于饿死了。

从此就开始了乱世。

我很奇怪，我自己有记忆的时候是五岁。五岁我就在少林寺里。我的师父在这里应该地位很高，因为他只有两个徒弟。一个叫释空，是我师兄，我叫释然。

那些年，少林旺盛，旺盛到释字已经无法再取法号，师父自己偷偷留了几个好听或者有意义的字，留给有关系的人。这些人一般给人看自己法号牌别人就知道肯定后台很硬，不是总寺里管事务的，就是与外面大官有关系的，所以一亮法号牌一般去哪里都没人拦，在路上骑马也是怎么骑都可以。强行超马、内道超驴、逆行、超速、违章拴马、轻微追尾，衙门都不会管。有些家境不好要出家的，都因为自己的法号实在太难听而放弃了来少林的念头，转而行乞。

六岁时候，我听师父对一个在寺前跪了七天的人说：你只能叫释放了，我看就这个好听一点。

七岁的时候，我听师父对一个在寺前跪了十天的人说：我很感动，但是法号不多了，我看剩下的最好听的也就是释奶了。

那人说：谢师父，但是我堂堂一个男子汉，只要不叫这个法号，叫什么都可以。

师父说：那就只有释屎了。

那人可能跪晕了，居然公开表达了大逆不道的想法：师父，法号为何只能是两个字，三个字也可以啊。

师父说：我师父传下的就是如此，并且规定不能取三个字。

那人说：三个字不行，可以四个字啊。

师父说：你太多嘴了，难道你想叫释迦牟尼吗?

那人最终在扫了一个春天的寺庙以后留在少林，法号释奶。

师父说，他最喜欢“然”字，“然”字包含的东西最难以说清。他将“然”字给了我。我当时不知道一个如此好的法号包含的意义，其实我更喜欢“释空”，师兄也同意大家换一下法号，但是我们表达了这个想法以后，双双被罚跪了一个昼夜。师父说，这些，不是想换就换的。这些，是命里带来的，你不能与命换，除非你拿命换。

随着我渐渐地长大，我越来越发现我有别人没有的功能。江湖武术，无非是这样，武林高手一人能抵十人，暗器奇准，眼力甚好，虽然跑得快，跳得高，但快快不过马，高高不过墙，只是比普通人跑得快那么一点点，跳得高那么一点点而已，而武林的发展最终将集于暗器，只是这样。但是只要我愿意，就算你一个动作再快，我也可以清楚地看到，而且犹如慢放，暗器再快，十丈开外到我面前我感觉也要一个哈欠的工夫，我可以早早准备好去接。但是我接或躲的动作在我看来也很慢，而师父训练的，也只是让我的动作越来越快而已。

师父说：你瞎了三辈子，所以这辈子是还你的。

我说：那多好，这辈子多开心。

师父说：你不知道你上辈子的苦。

我说：那我下辈子呢？

师父说：还是个瞎子。你这样的能力，三生一个轮回。

我说：那三百年才能再出一个我了。

师父说：不是三百年，是一百年，你的三世总共一百年。

当时，师父还没有教我除法。

我七岁的时候，天亮就起床，站在院子中央，不知道什么时候谁从哪儿抛出一把扫帚，我必须不让它落地，否则我要倒立一个时辰。我最怕倒立。扫院子的时候，我每一扫帚都不能让灰尘扬起，所以一扫帚下去马上要反过来压住，如此往复，很是辛苦。师父这样做一定是为了让我动作更快。我大部分时候觉得自己很聪明，但是十年后师父一句话使我惊醒。师父说：你不用那么累，如果每一扫帚都很慢，灰尘就不会扬起来了。

日复一日都是这样，可是我却想过院外的日子。少林对我看管得很严，我去什么地方都有人跟随，而且是很多人。其实他们做的任何事情、出的任何招式我都看得一清二楚，我只是要出去自己玩一会儿罢了，自然会回来。

可是我五岁前都做了什么？我问师父，师父说我五岁前玩够了，到了学东西的时候了，奇怪的是，为什么我的记忆空白了五年。

七岁那年夏天，我和释空终于被批准去院子外面洗澡，寺庙在山上，不远处就横着一条小河，边上还有很多枣树。那次洗澡树上一共掉下三十一颗枣子。

释空说：你知道我是谁吗？

我说：我还不知道我是谁呢。

释空大我三岁。他说：我们都已经有了高强武艺，偷偷下山先弄明白我们是谁，再玩点好玩的吧。

我知道，几天里弄明白身世是不大可能的，去玩倒是真的。

我马上表示赞同。

释空说：我们不能走山路下去，我们沿着小河往下。

还没有表态，我已经情不自禁往下了。走着走着，突然发现沿河有一个山洞。

在寺里我们听过很多故事，并发现凡传说中的人物，肯定是在洞里得到了改变命运的神秘力量。我曾经感叹，在寺里待十年还不如在洞里搞一搞。师父说，那是定数，以前的只是为定数发生前的准备，是引导你生命走向定数的必要，因为定数不是你生命的定数，而是一个时代的定数，恰巧需要发生在一个生命里。我表示无法理解。师父说，也就是你现在不好好在少林寺练习武功，面前有一万个洞也没用。

而那天，终于让我见到山洞。释空非常兴奋，扑向洞口。俩人当中已经有一个很兴奋，所以我必须显得很冷静，因为在传说里，是个人物的都很少激动。但是我终于忍不住，因为那个洞的位置、大小和开口的形状都太正点了，太传说了。我面容严峻跑得比师兄还快。

就像传说里的一样，还没到洞口，我俩已经不省人事。

醒来的时候已经在寺庙里，师父的声音飘来：你终于醒了。

我张开眼睛第一句话就问那洞如何了。

师父摇摇头。

我又问：师兄如何了？

师父说：比你醒得早，在罚马步，已经站了一天了。

我当时第一反应就是还得昏迷。

师父说：你不用罚。

我说：为什么？

师父说：此番你们进洞，肯定是你的主意。但是你师兄醒得比你早，所以把罪全扛了，说是强拖你进去。既然这样，我就不罚你了。

我说：究竟怎么了？

师父说：你先听我说，你记住你肯定不是一般的人，以后做事情，你越是觉得非做不可非去不可的事情，就一定要慎重。你还小，不一定明白，但是你一定要记住，一般人醒过来，第一句话都是“这是哪儿”，你先问洞再问师兄，说明你很明白你要明白的东西，而且在你心里的次序也很清楚。记住，什么事情都要遵循心里的次序。

我说：那师兄醒后第一句话是什么？

师父说：我不告诉你。不过，你将来会知道，你们两人，终究不能共存。

第二天，我遇到释空，我始终不知道他醒来第一句话是什么。他说：站太久，忘了。

我说：怎么着好好地就迷过去了呢？

师兄说：我要知道怎么迷过去的那还能迷过去吗？

我说：我要再去那洞里。

师兄说：怎么去，这是九山十寺里最严密的寺，根本不可能出去。

我说：那洞多可惜啊。

后来，我决定去找师父解决问题。

师父说：那个洞我也知道，我其实很想告诉你们，可是现在不是时候，你们觉得在寺里很无聊，就给你们留一个秘密，等到来年此时，我自会告诉你们。

方丈在一边笑。我们走后，方丈说：这两个小孩，一个洞就能说一年，真是一洞一世界啊。不过这么小就在寺里，多少是无聊啊。

师父说：有了苍白的童年，才能有无情的壮年。江湖上一定越来越血腥，他们都将是高手中的高手，和他们为敌的也都是高手，高手间的过招，就看谁心里没有多余的事情了。一招一命半招心，心里有太多事情，怎么能没有杂念。

方丈说：我不管这事情。

师父说：江湖何时可以统一啊？

方丈说：不能啊。不统一是外乱，统一是内乱，人心乱，有什么办法。心里的事情没什么办法。

九岁那年冬天。

天气转冷，大雪渐厚。外面世界闹了饥荒，寺外每天都有上千人坐着。当年皇室发生无关政权的内乱，盛传宫中只是几个贵妃和皇后的恩怨，却让皇帝无心治国。无心治国其实也罢，惯性决定国家越大，政权越长，不治也是如此，空出一两年，搞搞搞不清的，加点自然灾害，地方来一点小骚乱，各部看看热闹，心腹想想办法，才是治国长久之计。没灾怎么救，没乱怎么平，没匪怎么剿，不救灾不平乱不剿匪，皇帝不就只剩下性生活了。不过本朝皇帝很厉害，光是性生活就能搞出大乱子来，皇后要废贵妃，贵妃居然有本事起兵围长安，此时还遇上民间瘟疫，不过恰好因为长安被围着人都进不来结果没一人染上。

寺里虽然很清静，但是外面一直很热闹，每天都死人，寺门每天都被无数人撞。师父终日发愁，门是不开好还是开好。不开，人心尽失；开，同归于尽。原则上一定要做的事情超过原则上的度真是很麻烦，师父矛盾到一塌糊涂。

当天晚上，方丈把人全叫来，问：开还是不开？

我说：开！

师父说：你想趁乱出逃。

我说：没这意思，民——民众受苦，我们少林——

师父说：开也可以，先把这小子绑梅花桩上。

此时，门外又开始传来撞击声。

师父说：我主管此寺二十年，第一次感到如此心痛，外面肯定是迫不得已，才会以头撞门，我们再不开门，岂不和当今朝廷一样。

这时候，外面又是“砰”一声。

所有人都颤动了一下。头颅能撞出这么大的动静，真是需要莫大勇气。

有人问：师父，会不会是嵩山派人来报信啊，嵩山不正搞铁头神功吗？

师父说：不会，如果是高级弟子，肯定会走后门，我们后门一直开着。

这时候，门外又是更响的一声“砰”。

大家说：完了完了，这下痛啊。

刚说完，门外更大一声“砰”。

大家惊呼：死了死了。

师父和方丈表情严肃。

寂静沉默了很长时间。突然，传来了一声史上最响的“砰”。

大家脸色一下轻松：还没死。

方丈说：开寺门！

师父传话下去说：寺门准备开放。所有少林弟子，手持木棍，防止混乱，务必维持秩序，分批放人，一次百人，那个用脑袋撞门的人务必放入，紧急医治，此人猛将，是个人才。我主持开寺门。

说完大家即刻排开，我和释空在殿上观看。外面人声鼎沸，师父面色凝重，缓缓打开寺门。

一瞬间，我看见不测事情的发生。同时，声音传来：上几次石头太小，一次比一次大也没用，索性用最大的砸！

而师父刚打开门正用慈祥的脸迎上。

我看见一片混乱，后面高级弟子迅速把门推上，师父轰然倒地，外面饥饿的人群往里涌，成千上万只手和脚在我眼前挥舞。师父被人扶起，寺门大关，慌乱里，谁都没注意已经有一个小姑娘从门缝里被推进来。寺门大关，一只手指还在门缝里，小姑娘看了我一眼，姑娘很漂亮，我看到她十八岁的模样。难道我不光看东西能慢放，还有联想功能？像安排的一样，青梅竹马的故事即将发生。

师父说过，凡事终有量，万物不消失。举个例子说一切的幸福都是部分的，部分人的幸福必然导致部分人的痛苦。所以，世上的幸福都是交换而已。

今天我终于明白，师父的意思是说，这次开门，我会有一个小女孩做伴，就将很幸福，而我幸福了，肯定有一个人痛苦，那个人就是被砸的师父。

我很奇怪我为什么不光能看见东西的慢放，还能看见人的未来模样。但是我却不能看见一件事情的未来模样，若能那样，我岂不是先知。我只能看见一个人的未来模样，还是未来已经发生，只是正在轮回？我夜里经常有奇怪梦境，师父说：梦境是对未来的回顾。未来尚未发生，那如何去回顾？我问师父。师父说：正因为未来尚未在现实里发生，所以只能在梦境里回顾。所有的事情已经有安排，你不要觉得在寺庙里受到了我们的安排。你终将自由，但你受命运安排。

任何一种自由都是另外一种安排的开始。

冬天雪化，红日微风。

门最后没有再开过，这样的天气，应该在外面游乐。阴天里悲伤只是悲伤，晴天里悲伤却是痛苦。师父说：我情愿外面的人全都死了。

我说：其实任何人都能知道未来。未来不就是全死了吗。

师父说：不是，死是结果，不是未来，未来是死之前的结果。

我说：外面有这么多人，已经死了差不多一半，反正都要死，救进来也得死，万一把病传进来，也是大家一起死，救活了，最后还是死，师父你就不要难过了。

师父凝视我说：我这么想，早就死了。你不能这么想，想得多了，你就信了。

门外除了呻吟已经没有任何气息。我们每天照例往高墙外面抛馒头。寺里的存粮只够三天，三天以后，大家都没的吃。

我没有想过一场饥荒一场瘟疫能有这么长时间。你可想象如此微风拂面，墙外应该是梅花漫天。

开门那天，唯一在混乱里进来的小姑娘，我今天终于可以看见了。因为外面瘟疫肆虐，小姑娘进庙里以后就先被关了十天。大家确定小姑娘没有病才把她放了出来。傍晚，大家一起讨论姑娘的去留。

师父还没有开口，她先说：为什么你们不去救别人？

一个师兄说：你以为我们是在人群里把你挑出来然后单救了你啊？你是给挤进来的，是个疏忽。

小姑娘又说：那你们为什么不去救人？

另外一个师兄说：救什么救啊，自己都快饿死了。

我也安慰道：寺里的东西只能吃两天了。

当时我就觉得，所谓救人帮人，全是还能保全自己时的一种消遣。

一个师兄说：怎么处理这个小姑娘？

有人提议放回寺外。大家一致反对，觉得首先这太不人道，少林寺这次寺门大闭做得已经很夸张了，救了再给扔回去，就更夸张了；其次，朝廷最近老用典型说事，很有成效，少林寺也要一个典型，以后可以用于宣传。巡抚不是说了吗，典型不是一万个人里面一个代表，而是一万个人里面只有那么一个。

师父说：就留她在寺里。

一个师兄还有意见：那我们洗澡什么的怎么办？

方丈说：中原九山十寺，规模之首便是本寺，寺院这么大，小姑娘这么小，非要洗到人眼前去吗？

师兄说：可是毕竟这么多时间寺里从来没有来过姑娘。这个弟子们一下子难以——

方丈有点急了，低头问小姑娘：小妹妹你多大了啊？

小姑娘说：我八岁。

方丈说：你知道不知道你是怎么出生的啊？

小姑娘说：我妈妈生的。

方丈问：怎么生的啊？

小姑娘说：不知道。妈妈没说。

方丈对大家说：你看她什么都不懂，你们有什么好不方便的啊。

方丈继续问：你看旁边这么多人，他们和你有什么区别啊？

小姑娘说：他们有那个东西我没那个东西。

方丈脸色一沉，不由得“啊”了一声。问：哪个东西啊？

小姑娘说：珠子，挂的那个。

方丈没敢再问下去，对我们说：你看，还有谁害羞没有？少林弟子多少风雨过来，居然还怕一个尚未——懂事的小姑娘，真是啊。

于是寺里留下了这个小姑娘。一天以后，麻烦出现，小姑娘始终不肯告诉大家自己原来叫什么名字，大家觉得总不能老是叫“那个女的”。晚上，师父召集很多人，决议两件大事：第一，寺里粮食只能维持两天，如何是好；第二，大家给这小姑娘取一个名字。

给小姑娘取名字在这兵荒马乱中应该算不得是事情，而且不应该被提出来，但是大家似乎对这件事情的兴致更高。最近每天死很多人，外界民不聊生，谁都无力做甚，还是娱乐自己比较好。

第一个严重的问题大家讨论了大概有五分钟，讨论的结果是省点吃，这样还能用四天，等下一次只能用两天的时候再研究。而第二个问题大家足足讨论了两个时辰，并且一向团结或者说表面上一向团结的少林子弟差点当着方丈就打起来，情况很是激烈。最后，在这萧瑟的季节里，在这混乱的时代里，在这苦难的寺庙里，在这悲伤的气氛里，这小姑娘背负着大家对美好生活的向往，正式定名为“喜乐”。

我记得喜乐有很好的厨艺，这个才华被大家在第二天就挖掘出来了。在寺里主厨的师父虽然手艺不错，但是做菜显然没有激情，对菜也缺乏研究和创新，青菜和番茄吃了一年。我最讨厌吃青椒，但是他每个菜里都有青椒。喜乐来到寺里以后，觉得自己帮不上大家什么忙，问自己能做什么，结果被派到厨房，可是当天，她就做了一盘大家闻所未闻的菠菜煮青菜，番茄拌馒头，导致那天主厨师父做的菜全都被抛到了寺外救济，而我们几百人都围着喜乐的菜转。

我吃饱以后正好遇见喜乐，说：喜乐，为什么没有青椒？

喜乐说：我不喜欢吃青椒。

我说：我也不喜欢吃青椒。

我说：你喜欢吃什么啊？

喜乐说：我喜欢吃番茄，你呢？

我说：我喜欢吃馒头。

喜乐说：馒头哥哥你叫什么名字？

我说：我叫释然。

喜乐说：那我叫你释哥哥。

我说：不行，在这里你能看见的每个生物都是释哥哥。叫我然哥哥。

我问：你最喜欢做什么呢？

喜乐说：我最喜欢洗碗。

我喜出望外，说：然哥哥我的碗——

喜乐说：不行，师父说了不能给你洗碗。师父问我最喜欢什么，我说我最喜欢洗碗，师父说，好，以后就洗为师的碗，你喜欢洗谁的都可以，就是不要洗一个叫释然的人的碗，他见到你肯定会让你洗碗。

我大吃一惊，师父真是先知，接着说：好，那不用洗我的碗，还有以后你碰到一个叫空哥哥的，也不能给他洗碗。

喜乐说：你为什么不喜欢洗碗呢？

我有些想不明白这个问题，回答道：你也算是个奇怪的人，难道你也喜欢倒马桶吗？寺里的马桶以后就是你洗了。

喜乐"哇"一声就哭了，直奔师父房中。

很快，师父出来了，后面跟着喜乐。师父很严肃地说：听说你刚认识喜乐就让她去倒马桶？这样，你倒一个月马桶吧。

这是我生命中的第一次崩溃。因为我最不喜欢搞卫生和吃青椒。而倒马桶是搞卫生中最不卫生的一个项目。师父对我说：这是磨练你的意志。只有意志强大才能真正强大。

我当时就很不同意这个说法，照那么说，这个寺里最强大的就是长期负责倒马桶的释桶师兄。我觉得意志只是一种愿望，愿望的强大才是真的强大。就比如我看见有人以很快的拳速打我，我连他汗毛的动静都看得清清楚楚，并能看见他同时"嘿"一声而喷出的唾沫星子向我而来，而且我发现再快的拳也没唾沫星子快，我明明看见，却不能闪躲，先被唾沫星喷中，然后再挨着一拳。这才是痛苦中的痛苦。

我这样和师父说过。师父说：你跑题了，我完全听不懂。

总之，我解放了释桶。以后每天早起，先扫院子，后倒马桶，再听墙外呻吟。喜乐和我起得一样早。无论我去哪里，喜乐总在旁边——不能这么说，这么说显得我很漂泊，其实我无论去哪里也在院子里。事实是无论我去哪里扫地，喜乐总是跟着我。大家都很羡慕我，觉得在少林寺里能有正当理由和姑娘在一起是个奇迹。

我记得两天以后方丈又主持了一次会议，会议的内容是，我们省之又省的粮食，现在只够用两天的了，怎么办？

有人提议派出一些兄弟去外面寻找粮食。少林寺和朝廷的关系一直很好，其实所有粮食都是朝廷所发，但是现在情况真是很困难，连县老爷都有三天没吃上燕窝了，可想老百姓苦成什么样。粮仓早就空了，我们所在的中原又是重灾区，自然没有多余粮食。师父提议可以到其他寺寻求帮助，说：现在外面人心惶惶，疾病肆虐，最近灾情比较好一点的通广寺应该有一些储备，来回七百里，谁愿意去？

大家都表示与寺共存亡。寺在我在。所以，这次大会的结果是，大家再勒紧腰带，两天的粮食分四天用，然后两天以后再讨论怎么办。

师父说：这件事情告诉我们的中心思想是，只要控制自己的欲望，原本缺少的东西也可以变得很多。

我说：我们可以报信给其他寺里。

师父说：现在外面太乱，很难传递信件。

我说：用鸽子啊，寺里养有很多信鸽。

师父说：早吃了。

我大吃一惊，因为我已经打了很久这些鸽子的主意。但是我觉得出家人不能吃荤，在我思想不定的时候，居然有人已经下手了。我问师父这人是谁。

师父说：是方丈。

我又大吃一惊，方丈为什么不以身作则？

师父说：前几天方丈身体虚弱，点名要喝鸽子汤。而且规矩其实是温饱以后的消遣，温饱都不能了，还要规矩吗？

两天以后，方丈又召开了一个会议，会议的内容是，寺里的粮食只能用两天了，怎么办？会开一半，消息传来，寺外面一个人都没有了。方丈大惊，亲自上墙探望，发现果然一个人都没了，连尸体都不见一具，北风吹冻土，荒草依枯树。方丈不禁老泪纵横，说，阿弥陀佛，死得真干净。死者已去，生者掩埋，生者将去，死者相伴。可是，这最后一个是如何自己把自己埋了的呢？

我想，方丈一定是鸽子吃多了，补过了头，这一看就知道是城里发吃的了。

不出所料，消息又传来，皇仓大开，各地发粮。你可知国库里有多少粮食？多到开三天救天下，只用了小库不到一半的储备。仅仅一个小库就够举国用一个礼拜了。举国是什么概念，多少人口？大家要能像抢粮食一样积极统一，早就换帝号了。

我曾疑惑，为什么长安粮仓不在危难刚来时就救济大众呢，一定要饿死无数百姓连和尚都要快饿死了才迟迟开放呢，皇帝做出一个决定难道需要犹豫如此长的时间？

其实任何决定都是早就做出，只是时机不到而已。粮仓开早了，百姓还不一定乐意呢，觉得发粮少了，最好还得发钱，等饿死你们几十万，再放粮食就全变成感激了。人的本性其实就是一个贱字，为什么贱人听着比笨人、傻人、蠢人都顺耳？因为人就是贱。

一下子，好像什么问题都没有了，这饥荒就过去了，我们高兴的是少林终于保住了，我们难过的是武当也没饿死一个人。所以大家都怀疑他们和朝廷勾结。一样的事情不一样的人做连措辞都不一样，我们少林叫合作，他们叫勾结。但是终究大家都很高兴，师父也很高兴。高兴之余，我却问师父一个完全偏题的问题：我到底是什么人？

师父说：我们都是俗人，你不一样，你有不一样的能力，你是The One，你是救世主。

我说：不可能。天下在我眼里，还没有一个喜乐有意思。

师父说：对。你须记住，你开口能说的事情永远都是曾经的事情。曾经的事情就是过去的事情。我说的是你未来的事情。

春天。大灾之后必有大兴，天下繁华。

2

十二岁那年秋天。

我和释空、喜乐试图翻出院子。释空自己做了一个工具，我们管它叫掀瓦器，释空则叫它飞天钩。工具的原理是绳子带着一个钩子。释空觉得这是第一个由少年开发而成的暗器，而我们当时称这些有好手艺又能发明工具的人为做家，所以释空自封少年做家。但是飞天钩遭到了我和喜乐的嘲笑。我们觉得，所谓暗器，一定要暗，而飞天钩实在太大了，别在腰间不知真相的人一定以为此人是个杀猪的。而且，暗器的作用是杀人，不杀人至少也能伤人，而飞天钩其实就是用来翻墙的，再说，类似飞天钩的爬墙工具早在上一朝就有了，而且在侠客和贼之间极为流行，甚至引发房屋设计的革命，就是高墙的檐不再固定，而是用可以松动的瓦，这样类似的钩子就无法固定。所以我觉得释空算不上独创，喜乐说释空抄袭。

释空的辩解是，我没抄人家的，我虽然看过翻墙钩长什么样，而且也很喜欢，但是我这个钩子和那个不一样，就算形状差不多，但是你看，那有四个钩，我这只有三个，而且他那个绳子和钩子之间的结是死结，我那是蝴蝶结。最关键的是名字都叫得不一样，那叫翻墙钩，这叫飞天钩，这怎么能叫抄袭呢?

为此，我们还特地到师父面前让师父评判。师父看了一下，说：我听释然和喜乐说你自己发明了个东西，但又说你是抄袭的，我很担心，仔细看了看，我还特地买了一个前朝翻墙钩看了一下，我就放心了，这个顶多说是借鉴，不能说是抄袭。

师父又对我和喜乐说：喜乐，释然，你们师兄好不容易做出个东西，虽然比较落伍，不能爬当今的墙了，但是至少还能爬树嘛，你们也要安心发明，自己动脑筋，这几年江湖有所平息，百姓安居乐业，你们更要好好积累，乱世时候，肯定能派上用场。这几年暗器发展一日千里，但正统的暗器都有正统的防御工具，只有自己做的才能出奇制胜。

我说：师父，这不是少林不提倡歪门邪道吗?

师父说：不是，这是旁门左道。

我说：那什么是歪门邪道呢?

师父说：武当自己做的暗器就是歪门邪道。

我和喜乐一起“噢”了一声。

师父那天把释空留了下来，我和喜乐先出去了。我同喜乐商量说，师父应该是在责备释空。喜乐说，不一定。

结果真是出人意料，少林寺决定量产飞天钩，以筹集资金，扩建寺庙。我表示怀疑，这能卖钱吗？喜乐说，一定能卖钱。结果还真是可以卖钱，人们发现这飞天钩除了不能飞天以外，别的都行。小孩用它爬树，妇女用它拴孩子，家里用来拴狗，在牛身上系三四个钩子还能耕地除草，卖猪肉的可以用它挂猪肉，马车坏了还能当拖车绳……总之就是牛逼俩字，再加上是少林出品，信誉保障，所以卖得很好。

这样卖了大概一个礼拜，突然有一个九十六岁的老头儿在衙门击鼓，说飞天钩不是少林发明的，而是自己于前朝就实验成功的，虽然没有量产，但是一直在地下交易，甚至一度引发爬墙热，现在少林盗用，希望少林可以道歉赔偿以及给自己曾孙子释腿换一个好法号。

审官问：你说飞天钩是你发明，何以作证？

老头儿说：你还小，不知道那时候的历史，那时候的钩子在很多侠客里流行，你可以问前辈，不成看史书也可以。

审官问：那你以前是做什么的？

老头说：草民以前是做家。

审官问：那你都做了些什么呢？

老头说：一辈子就做了这么一个钩子。但是后来墙檐屋顶都变了，我的钩子就没用了。

后来事情传到少林，少林基本都没去人，就把事情平了。事情的结果是衙门认为，因为少林的飞天钩卖了几百万个，但老头儿的前朝爬墙钩经过统计大概只卖了六千个，所以不构成侵权，虽然两者造型基本一样，但是因为名字不一样，所以判定为两个物种，老头儿目的是为了亲属更换法号，利欲熏心，判为诬告，而且因为前朝爬墙钩没有注册，所以定老头儿为抄袭。少林量产钩子虽然卖钱，但不是为了赢利，而是为了修建寺庙，老头儿此举构成亵渎神灵。念老头儿年事已高，免去刑罚，城南广场示众半天即可。

方丈知道此事勃然大怒，一直责问是谁向衙门托人说的情。我说：爷爷，这样少林赢了不是很好吗？虽然老头儿有点可怜。

方丈说：你觉得假使一个江湖上给人做暗器的人活了快一百年，真会为一个钩子闹上衙门？谁知道那人是谁。你只知眼前，却不知日后。

我想象示众那天突然飞沙走石，然后众人张开眼睛时，老头儿已经不见，只有我看见其中发生了什么。而事实上老头儿确实在示众那天不见了，一直不见到三年以后。

飞天钩大大激起了释空制造暗器的欲望。在寺里多年，我和他的武功其实差得不是很远，但是因为我能看得比他清楚，所以他总输给我。我不是很喜欢做暗器，我觉得世界上所有暗器的行进速度都太慢了，我看普通人向我发来暗器的感觉如看见羽毛飘下来一样漫长。但是他不一样，他觉得背一身的暗器很厉害。的确是这样，倘若你有一个暗器，和高手打是必然失败，倘若你有一身暗器，高手打你一拳说不定不幸打在暗器上，这样你就赢了。这属于暗器中最最暗的器，虽然大家都不是故意的。

释空的暗器通常属于对已有暗器的轻度改装，显得比较缺乏想象力。但是最近他突然发现，做暗器的成本太大，基本上杀人类的暗器都有去无回，这样很浪费，要做就要做可回收利用的暗器。如果出手准，暗器留在人肉里，取出来自然方便，如果手潮，暗器打歪，那找起来就很麻烦，而且现代化的暗器有越来越小的趋势，现代练武之人的手也有越来越潮的趋势，所以当务之急就是暗器的再利用。

我说：找回来不就得了。

喜乐说：那多没面子啊，打完架还得满地找。不知道的人以为是满地找牙呢。

释空的意思是，现在世面上刚刚有一种叫来回绳的东西出现，学名橡皮筋，如果把暗器拴在上面，发出去以后不就可以收回来了。

喜乐说：那怎么去买那个东西呢？你和师兄都不能随便出寺。

释空说：可以偷偷出去。

喜乐说：你的飞天钩不能爬墙啊！

释空说：没事情，我又改进了一下，已经可以爬墙了。

我和喜乐都惊异于释空暗器的改款速度。释空说：我把飞天钩的线加长了五十尺。

我问：这有什么用呢？

释空说：你想啊，现在的墙瓦不是钩不住吗，那如果绳子长一点，可以钩到墙外面的树，然后架着墙不就能爬出去了？

我大为折服，又问：那怎么回来？

释空说：没事情，我背着攀墙架。

喜乐说：那怎么跳下墙？

释空说：没关系，我带了着地鞋。

我问：这两个都分别是什么东西？

释空说：我自己做的，到时候你们就知道了。此事宜早不宜迟，因为月中有江湖暗器展，我想用这个参加比赛。

喜乐说：那就今天晚上吧。

我说：可以，不过喜乐要留在寺里。

喜乐急忙说：不可以，我怕痛，师父一打我我就会告诉他你们去了哪里。你们带着我就可以灭口了。

释空问我：灭口是这么用的吗？

我说：不知道，带着喜乐也可以。要不然庙里就留了一个活口。

释空问喜乐：活口是这么用的吗？

喜乐说：不跟你说，你傻乎乎的，反正三更，大家在西北角古井集合。

我们都表示同意。

三更。井前一个人影都没有。

次日清晨，我们仨在一块，喜乐问我：去了没有？

我说没有，问喜乐有没有，喜乐说没有。不知道释空有没有，释空遇见我们显得很抱歉，问我们有没有，我们说没有，释空说，还好，我也没有。大家都没有就好办了。

喜乐抱怨，三更没有鸡叫，哪知道什么时候三更啊。

我说：我什么都不知道。我听见鸡叫才起来。

释空说：我还晚，我是师父把我叫起来的。我昨天太激动，没睡着，三更时候才睡。

喜乐说：今天这样，我们看师父房间里灯灭了，过一炷香再集合。

结果又失败了，因为师父房间里灯一夜没灭。次日，我们三个人全部双眼红肿不堪，这是我们有生以来第一次通宵不眠醒着看天亮，师父出来看见我们很奇怪，说：昨日为师研究史学，越看越投入，一夜不眠，不想你们也都睡得不好，我们四个真是有缘分啊，这就是佛书里的心灵相通吗，哈哈哈。

我们仨都很委屈，首先我们仨都看了一夜灯，然后又不能告诉师父我们不可告人的勾当，而且还得强行被说成很有缘分，实在痛苦。

喜乐说：今天这样，吃完晚饭以后一炷香时间，天色微黑，我们就集合。

这次我们仨终于凑到一起。但是我们看到释空的行头，都大吃一惊。

喜乐说：师兄，你说的那个就是这个？

释空说：不错，虽然体积庞大，但是很管用，看这个，两个叠在一起就能爬墙，而脚如果伸进这个里面，落地就不会受伤，而且没有动静。

我说：话是这样说，可是一个高等弟子背两个板凳和两麻袋棉花也太难看了吧。你这么大地跑过来难道没人发现？

释空问：什么叫“这么大地跑过来”？

我说：你背了两个最长的板凳和两大麻袋棉花，显得那么大，在寺里穿过来居然没人发现？

释空说：发现了，都发现了，我说做暗器呢。

我说：好大的暗器。

喜乐说：我看了，没人跟过来。开始吧。

释空成功地把绳子甩在离开围墙十万八千里的一棵树上，拉了拉，觉得很结实，第一个爬了上去。喜乐随后爬了上去。我说：你还真像一个女侠，一点也不碍事。然后我爬上墙壁。等大家都在墙上了，夕阳已经淹没一大半。

释空说：棉花一共两袋，你们用。

我说：那你呢？你直接跳下去？

释空说：胡说，师父说了，世界上没有轻功。我告诉你们，我发明了一种新的下墙法，手抓着绳子，荡下去，荡几下以后就可以站地上了。猴子都是这样的，看我的。

说完，释空手抓住绳子就荡了下去。只听一声巨响，释空摔在地上。

我和喜乐第一反应都没管释空死活，而是马上回头看寺里，没有什么动静，才悄悄问释空：你死了没？

释空说：好痛，多高。

我说：五米。

释空说：好高，我得昏一会儿。

喜乐问我：他不是说可以荡吗，怎么直接摔地上了？

我说：你看，绳子离开树有十米，墙离开地有五米，荡个屁。

喜乐说：那你怎么不告诉他，万一师兄死了怎么办？

我说：我还没目测明白呢，他就跳墙了。

我对喜乐说：我先套着这袋棉花跳下去，如果我没死，你再跳下来。说罢，我跳了下去，虽然活着，但是摔得也不轻。接着就是喜乐要跳下来，我把棉花铺好，说：可以跳了。释空不知道何时已经复生，站起来要接喜乐。我说：我来就行了，你养伤好了。释空说：你看，我没事。话音还没落，喜乐就跳下来了，我们谁都没能乘机发生肌肤之亲。

释空跑上去问：没事吧？

喜乐指着自己脚说：脚扭了。

释空说：啊？棉花带太少了。我背你。

我说：去你的，你要背就背板凳，你自己带来的自己背，我和喜乐都是帮你。

释空说：这要问喜乐。

喜乐想了半天，说：还是谁带来的东西谁背吧，没带东西的背我吧。

我们下山一路走了很长时间。当时夕阳全无，月亮初升，路上很长一段竹林，耳边风声。竹海不像白天那样，忽然显得阴森。释空背着凳子，我背着喜乐，寒夜微暖。

我说：等等，有问题。

释空说：对，我也发现了，我们走来走去都走在一个地方。

喜乐顿时抱紧我。我也起了一身鸡皮疙瘩。大家环顾四周半天，我缓过神来，说：师兄你吓死我了，这台阶都一样，旁边都是竹子，当然走来走去好像在一个地方了。我只是觉得好像前面有人在竹林里等我们。

释空吓一跳，说：你说的比我说的恐怖多了。

我说：有人倒是没什么，是人就是好事情啊，总比走来走去在一个地方好。喜乐，你快掐死我了。

我刚说完，前方竹海里走出一个人。此人长衣飘飘，手持笛子。想来者不善，不过幸好他穿着深色衣服，倘若他一袭白衣，我们仨肯定当场吓死，对方就不战而胜了。

释空说：谁，拿的什么？

他扬扬手，说：笛子。

我看见暗处笛子中飞出一支毒箭，而且依照箭头颜色判断应该是剧毒，不是我知道这是什么毒，而是这样的青绿色我不曾见到，不知道的恐怕更毒，总之不可能是补品。师父说毒有三种，一种杂色，有药可解，一种无色，无药可解，但最毒的肯定是和植物叶子最接近的颜色，传说记载西域——师父说不一定是在西域，但是一般遇见无法解释不知真相的东西都说是西域的—— 一种绿色粉末已经失传多年，剧毒，只要一克投井，可毒死长安一半人。只要接触到人的皮肤，此人当即丧命不说，皮肤骨头内脏大脑全部都是相通的孔，更邪乎的是，据说死状之恶心，看过一眼的人从此不想进食，八成都饿死。难道这就是传说中的灭城毒？正好可以给师父看看。想完，我看暗箭飞近我，侧了一下身，为了防止沾到自己，等暗箭从我身边过去，我伸手抓住暗器后端，仔细端详。

释空大吃一惊，问：师弟，你带了暗器出来？

我说：我没带啊，刚抓的。

喜乐说：明明是你说话多嘴，怎么往我们那里飞暗器啊？

那人哼哼冷笑，说：有人说你先知，你还真有先知。没想到你这么小。可有人给我银两要取你命，我不得不取你命。

我说：我没先知。如果我有先知我早就不下山了。

释空说：他要取你性命，你快把暗箭扔回去。

我说：那万一他死了怎么办？

释空说：给我，我来。说完抢下暗箭，往那人掷去。

我怀疑我内心也想把暗箭扔回去。因为从来没有人可以在我手里抢走东西。

暗箭脱手，凉风袭来。竹海一阵骚动。那人还站在原地。

喜乐说：师兄，你速度好快，中了吗？

我说：歪了，歪了挺多。

说着那人就拔剑过来。释空拿板凳挡了一下，顿时板凳一劈为二。从断口的整齐程度，我判定此剑为甲等一级。只是见血太多，怨气太重，已经不是挥剑人的气势所能控制。

我说：这剑不是你的。

他说：对，但这一剑是给你的。

说完，剑路一转，直向我过来。这样的生死时刻，我居然忘了之前把喜乐放下来，现在两手托着喜乐，能作战的只有一张嘴了。

那人一剑劈来，我从容躲过，趁他还没收回剑招，我一嘴咬在他的脉搏处，剑顿时咣当落地。

喜乐、释空和杀手同时大叫一声：这样都行！

那人一看连武器都掉了，转身就跑。释空拿起刀，我从他原来站的地方旁边三米处一棵竹子上摘下暗箭收起来。我们快速往山下跑。我想，怎么有人知道我们要逃出去玩，难道真有先知？那人是什么人，怎么这么面？但这么面的人怎么有这么好的剑？虽说赛马场里不是技术好的人就一定有好马，有的是有钱人骑顶级马，但剑不一样，剑要高手用才能快。面的人配好剑只能越用越钝。那说明，这剑落入那人之手前一定更快。

释空背着剑，对我说：这剑比普通剑短一点点。

我说：短的剑出鞘快。

喜乐说：这剑归你了。

我们一路都在想那人到底是谁，谁派他来。不知不觉中就到了山脚。县城离开山脚有几里地，原来叫竹城，本朝开朝攻克长安决定性的一战便是竹城大捷，后来开朝皇帝觉得竹城名字不好，显得脆弱易破，两百年前改名逐城，意为逐鹿天下之城。逐城距离长安只有上百里，但这我们不关心，我们关心我们距离逐城多远。

路上人烟渐多。到了城里才知道，商铺早就关门。我们就只有几文钱，无法住店，只能蹲在街边。我说，就在外面睡一晚上吧。

一会儿时间，巡兵到我们跟前，说：都起来，不能睡这儿。

释空说：怎么不能？

巡兵说：这条是城容交通示范街，你要睡在隔壁那条街上敞开了睡，没人管你。

我们仨又辗转到别的街道。喜乐说：商铺要鸡叫过后才能开门。

我们要等一个晚上。买到东西以后要马上回去，不然就被发现了。

我和释空都感叹喜乐的社会经验丰富。

释空说：喜乐，你也该下来了，都蹲着了你还让你师兄驮着。你师兄多累啊。

喜乐“噢”了一声，悻悻下来，蹲在我旁边。喜乐说：这次逃出来多有意思啊，以后我们有谁变成史官了或者诗人了一定要把这个写下来，书名就叫《我们仨》。

天上繁星密布，周围一片陌生，这样场景当时不知，只是下次可能隔世才有。

一大早喜乐就砸开了一家铺子，买了几根来回绳，一路上出城赶回寺里。我看见所有地痞流氓或者江湖侠客都在看释空身上背的剑，但是所有人又马上摇头说是假的。我更加觉得这剑不普通。

去时路长来时路短，我们提心吊胆来到寺前，寺门居然是开着的。喜乐说：完了，被发现了，肯定是方丈怕我们再爬墙摔下来。

我们躲在门口外面不敢进去，喜乐偷偷问看门的一个小师兄，他说这次可是大事情，里面人都排好了，师父和方丈都等你们进去呢。

喜乐问：什么大事情啊？

小师兄说：都传说你们三个偷了庙里两张凳子和两袋棉花畏罪潜逃。

这时候传来师父的声音：都进来吧，不要偷偷摸摸了。

我们仨慢慢低头进去，慢是因为大家都在拼命想借口。师父刚要发怒：你们——

突然间，方丈和师父都张大嘴巴表示惊讶，胡子几乎挤下来，忙把我们叫到房里，慈祥地问了事情经过，然后说：你们知道那是什么剑吗，那是江湖里人人都在找的剑，此剑就叫一个字：灵。灵剑原来是江湖第一杀手无灵所有，因为见血太多，而且所做皆是暗事，所以灵剑沾染到极重的天下之邪气，但是你看剑鞘，却是百年前香火最盛的一株神木所做，真可谓是正邪大汇，所以只要剑在鞘中一个时辰以上，拔出来后剑气就能伤人，可以想象剑的锋利程度。

师父边说边陶醉地拔出剑来，顿时四周一个人都不见。师父又说：可是，这终究是传说。其实这就是一把磨得比较光的剑，它代表了武林里的地位，所以无灵消失后几年，大家都在争夺这把剑，为此还死了不少人。倘若你不是一等一的高手，背着这剑出去肯定不能活着回来。你们几个未成年人居然背着剑一路从市集回来了。

方丈说：可以宣告天下，此剑暂时由少林保管，天下也可太平很多。真是没有乱世只有乱人啊，太平盛世，没有什么可以闹的就为一把剑乱杀，这下也算平息了。

然后我主动展示我从路上捡来的毒镖，我对师父说：师父，你看这镖，好像上面是灭城毒。

师父和方丈吓了一跳，剑一下掉在地上，师父忙吩咐众人闪开，然后急召暗器部的号称无毒不识的释毒师兄来辨识。大家都几乎忘了那把绝世的剑，毕竟一把剑只能伤一把人，而天下奇毒可以灭一个朝。辨识的结果让大家很失望，暗器上面的青绿色物质是因为此暗器使用过多次，而且肯定都是扎在竹子里，所以那是竹子的颜色。

师父问我：那个人武功厉害不厉害？是什么派别？

我说：我不知道，我没出手，我咬跑了他。

师父惊叹：啊！

师父问：那此人怎么会知道你们要偷偷下山的？连为师都不知道啊。

我说：我也不知道，可能埋伏了几年了吧。

师父又说：那此人怎么有这样的剑？

我说：我问他了，他说这的确不是他的剑。

师父说：难不成是捡来的？难道江湖善变，今年已经不流行灵剑了？随便捡都能捡到？随便背就能背回来？

这个时候，有人来报，寺外有一群人听说有人背回来了灵，要求少林给一个正式的答复，然后展示一下，以让天下知道这是不是真的灵。

师父又惊叹：消息传得真快。告诉他们，这是真的灵，灵归少林，也算是天意，让江湖从此少些纷争。大家不用再抢这把剑了。

释空千辛万苦找来的来回绳做的暗器最终没能成功，因为那暗器只有我能用，释空用一回让自己中镖一回。

3

无灵是个神秘的人物，就好像所有人都觉得我是个神秘的人物一样。外人看的神秘人物对自己的内心永远最清楚。他的事情在几年前结束，而且结束到完全不拖泥带水。他收人银两杀了当时一个小派系的帮主，带走帮主的女人，现场只留下一把剑。此剑就是我后来捡来的灵。人走了，剑却更像杀手，让江湖里的人互相残杀。

一个杀手留的一段钢铁有如此重要吗？我认为没有。但是江湖就是黑社会，黑社会是为了一碗馄饨都能打起群架的特殊群体，何况是一把有历史渊源的剑。任何时候剑都是借口，什么人能杀多少人得到剑才是真的。

而且无灵不仅仅是一个杀手。他在江湖的二十年绝对是传奇的二十年，二十年中局势平稳，中原没有叛军，西域没有匈奴，所有好事分子都没被政治分心，一心一意练习各种武功翘首期盼乱世，而大家防范最多的就是突然从山上下来的老虎、熊等野生动物和杀手无灵。传说无灵出手极快，快到你还没有看见他动手，对方就已经倒下了，后来传言越来越夸张，江湖人心惶惶，而无灵还没动手人就已经倒下的情况也越来越多，因为大家都相信那是真的，所以一看见无灵就吓晕了，无灵也就不必展示绝世的速度，上去补一剑就行了。

杀手是不是看见谁都杀？而有着这样强大的功力为什么还要当杀手，当帮主好不好？可是无灵最大的愿望就是天下长安，长安多好，一个人自己和自己就能长安，而一帮人就要乱，无灵只是要当一个侠客，但是侠客行走江湖也需要盘缠，不能偷，偷了就是贼客，虽说可以偷贪官污吏的钱，然后假装劫富济贫自己留下大头分给群众小头，但是当今贪官钱都放在钱庄里，而钱庄大部分又有朝廷支持，进出取钱必须有密码，说错三次直接拿下，所以，很难。而突然有一次，有一人要无灵杀人，杀的恰好又是当地一个官，是官就是坏人，杀了还有一百两，那次成功以后，圈内就都知道了这样一个人，无牵无挂，不怕杀了人别人灭他门毁他帮，价钱也公道，皇帝不杀，其余官阶每升一品加一百两。后来渐渐变成杀不是当官的，但不是当官的就不好说是好人坏人了，只能看价钱了，普通老百姓传说中品行不端的一个一千两，不知道好人坏人的一个两千两，杀普通人不像杀当官的，心里会有内疚，因为在和平盛世，都难免有贪官，乱世还能出清官？

无灵的剑绝对是传奇的剑，因为谁都说这把剑很好，而且无灵那么有钱，有钱人的剑能不好吗？剑的来源是有人要让他去杀一个在江湖中做了六十年暗器的老头儿，还没等无灵动手，老头儿说，我知道有人要杀我，我给你一把剑，大家从此相安。剑不是普通的剑，我一辈子就磨了两把这样的剑。一把给你，我不是谢你不杀，是这把剑暂时由你用，最终会回到应该去的人手里，你杀我也行，只要我倒下了，你就走不出这院子。

无灵要了那把剑。剑很快，唯独伤不了鞘。无灵在二十年后洗手不做，因为一个人也无法长安，自己对着自己其实是俩人。杀了二十年人，最后居然被一个女人拐跑了，这算是证明了他终究也是江湖中人。

可谁知一把绝世的剑居然被丝毫没有惋惜地抛在受害人家中的地板上。可见绝世的到底还是绝世的，抛在地板上都能引起大话题。江湖传说杀手看见女人，顿时觉得一生所寻终有所归，而女人其实也是被那个帮主所强占，看见杀手顿时觉得终于看见一个真男人，两人一见倾心，于是一剑轻心，灵就给扔了。江湖又传说其实女人当时已经昏迷，无灵为了背女人一时糊涂把剑给落在现场了。但是江湖又传说，这不可能，人再糊涂也不能把凶器落在现场，何况灵是国宝级。你可见过一个人骑赤血马去办事然后忘了自己是骑这么好一匹马过来而坐人力车回去？江湖还传说，杀手背着已经昏迷的女人，提着被杀者的头颅，已经腾不出手拿剑了，只好把剑抛弃。可是江湖说，不可能，你若提过很多行李，你就会知道，为了少跑一趟，人类其实再多的东西也能提，何况一个资深杀手。

意思是说，无灵从此走了，过江湖里的人都想过的传奇日子去了。而我们，在余下时间里，所做的就是争夺一把剑，然后把无灵越传越邪乎。都说此剑能号令天下，可我经常想，我若捡到皇帝抛弃的龙袍，那我是否也能号令天下？始终号令天下的是人。而天下已经有人号令，一些其实只能接受号令而心又不甘的人却为何创造另外一个天下？是否会再有另外一个天下？这么多天下，天下怎么能不乱。

南方落叶，北方飘雪，总是年复一年。十八岁那年，师父说：后天你可以走了。

我说：我走去哪里？

师父说：你高兴到哪里就到哪里。但走不走由不得你。

我说：许多事情我还不明白。

师父说：所以你该去明白了。

我说：那喜乐怎么办？

师父说：随你去。

我说：真的？那师兄怎么办？

师父说：随他去。

我问师父：我可以问你一些问题吗？

师父说：问。

我说：我为什么从小在这里？

师父说：为了强大少林。

我说：为什么又让我走？

师父说：为免少林遭受灭顶之灾。

我说：为什么？

师父说：你自会知。

我问：我师兄又是谁？

师父说：不能说。

我问：为什么不教授我正规武功？

师父说：你已经不需要武功。武功都有套路，一套制一套，你若不知道别人的拳，你可用我们的套路来防，此拳对彼拳，不在于是否可以降服对方，而在于本人功力的高低，所有的拳术都不是无懈可击的，或者说，所有的拳术都是漏洞百出的，关键在于你本人的速度和力量。你已经有了一流的速度和力量，又能看见别人所有的动作，为什么还要给你套路？

我说：那就算这样，我打的拳比较难看。

师父说：永远是被打败的人比较难看。

我说：那万一我遇见高手怎么办？

师父说：逃。反正人打不着你。

我问：那我要去哪里？

师父说：你问过了。

我说：那我要去干什么？

师父说：你都不知道你要干什么，我怎么知道你要干什么？

我说：你们安排了我十八年。

师父说：十八年里，你其实从来未接受过安排。你只是觉得这些练习有益无害，而且你心里明白若是你出这个寺，你也活不到成年。

我说：我是想过，可是为什么？

师父说：是少林现在的强大保护着你，你可能自己不知道，但是外面都知道你。你下山以后，平时就不要用原来的法号了。

我说：那我叫什么？

师父说：你自己想吧。这些年数我饱受取名之苦。

我说：那我睡哪里？

师父说：有喜乐呢，她肯定会帮你。

我说：那我算不算是少林的人。

师父说：你说呢？

我说：那我为什么后天走？现在行不行？

师父说：不行。明天就是江湖里的大比武。我们通广少林寺的慧竟师父会和武当决天下。

我问：谁会赢？

师父说：少林是不是看武当不爽？

我说：是。

师父说：那武当是不是想少林的人死光？

我说：是。

师父说：那比武谁都赢不了。谁赢了都是一样，赢局势不赢人心，就是输。谁赢都是输。

我说：那为什么要比武？

师父说：终要有那一天。少林在武林里做大，但是少林不谋利，所以大家都不满意，闯荡江湖要喝酒，但大家都不能没有酒钱。

我说：那我们不比不就行了。

师父说：那场比武人人皆知，胜者雄霸天下。天下百姓都知道了，少林只能被逼参加。怪只能怪宣传做得太好。

我说：为何我们都不能脱俗呢？你不常说要脱俗，可全少林都没能脱俗。

师父说：我们要是都脱俗了，那还用说吗？老说脱俗是因为没人能脱俗。少林终究只是一个帮派，是帮派就难逃杀戮。

我说：为什么大家都要比武呢？

师父说：因为天下太过太平了。

我说：太平长安不好吗？

师父说：江湖里有人要当英雄，谁让有句古话叫“乱世出英雄”呢？大家都觉得乱世才能出英雄嘛，如果古话叫“盛世出英雄”，天下就太平很多了。

我说：那人为何要相信一句不是一个朝代的人的话呢？

师父说：因为除了皇帝，都是老百姓，老百姓都是傻瓜。

我说：那皇上呢？

师父说：是大傻瓜。

我说：哦。

次日。喜乐在寺里等我，我和师父在观看决斗。长安怡春阁上，刘云被困。慧竟已经被人抬到寺里抢救。我问师父：结果会怎样？

师父说：一样。

我问：那我走以后能不能常回家看看？

师父说：不能。

我说：为什么？

师父说：你若想着常回家看看就走不远。

我说：那我连师父都见不了？

师父说：不用遗憾，我恰好是你师父罢了。你记住，当你觉得某人无法淡去，你就想，此人恰好是此人，就行了。比如以后喜乐死了，你就想，喜乐只不过恰好是我女人，这样就行了。

我说：难道一切都是恰好吗？

师父说：不，一切在发生前叫未知，在发生后再想就叫恰好。

我说：那这些恰好都不是注定的吗？

师父说：命已注定，运不可改，恰好只是形容词。

我说：那师父你送我一点什么留念吧。

此时，我的泪水快要涌出。

师父说：那就送你灵剑好了。

我顿时收回泪水：啊？灵那么……

师父说：为师和方丈都是这个意思。剑在少林，也没好处，而且你也能压住灵。别人就不行。

我说：为什么？

师父说：因为你看得见它，就能降伏它，你看不见它，就不能降伏它。

我说：灵太珍贵，我受不起，我哪怕只要一个鞘就可以了。

师父说：哈哈哈哈哈，剑和鞘是不能分开的。但是我希望你能永世记住你刚才那句话。

师父说：你不用去见释空了，我知道你们兄弟情深，但他只是恰好是你师兄罢了。

师父说：你可以问我最后一个问题。

我说：那我就问了，其实我一直想问，你也说过要说，我不到十岁的时候你就说了，可你忘了。我和师兄小时候偷偷下山洗澡那次，走近一个洞，可是都昏迷了。这么多年，我一直想去那个洞。

师父大笑，说：我就不告诉你了，说了怕你失望。你都成年了，不要迷信故事，少林暗室无数，为何要藏东西在一个连释空这样粗心的人都能发现的洞里？

两百里回到寺里。喜乐已经背着灵在门口等我。我惊讶喜乐光天化日背着天下抢夺的一把剑。我说：你不怕啊？

喜乐说：不怕，坏人好人都去看比武了。

我说：你在这里等我多久了？

喜乐说：很久了。

我说：那我们去哪里？

喜乐挽着我，说：下山啊。

我说：等等，我有一个梦想要完成。

喜乐说：什么呀，你的梦想不一直是到一个美丽地方去过安逸日子吗？

我说：不，还有一个，我要知道后山的洞究竟是什么。我年幼的时候被迷倒，现在我应该不会被迷了。我要知道里面有什么！

喜乐不高兴，说：就是你说过的那个洞啊？我们好不容易能离开，那万一大家都被迷死了怎么办？

我说：都迷死那多好。

我和喜乐偷偷到后山洞边。我离开山洞很远，发现山洞周围已经被长草覆盖。而天色渐黑，周围青山也有点可怕。喜乐挨着我说：哥，我们回去吧。

我说：来都来了，回去多遗憾。说完走近山洞，拨开杂草。

我把头伸进去吸了一口气，忙说：喜乐，你闻闻，很奇怪的味道，里面肯定有什么少林的秘密。我练不练神功无所谓，反正我能跑，如果有秘籍之类的你来练。

喜乐说：走了，我觉得头晕了。

我说：那年真怪，怎么说迷就迷了呢？我一点不头晕，你那是心理作用。

说完，我就什么都不知道了。

醒来的时候又看见师父的脸。想想这真是让人觉得英雄气短，因为说了要出发半天，结果发来发去没有发出去。我问师父：我怎么又迷了，喜乐呢？

师父说：已经醒了，没事。

师父说：你好奇心太强，好奇心能害死人呢。

我说：可是你知道我从小就很想知道那个山洞的秘密。

师父说：我不能告诉你。

我说：师父，求你告诉我，否则弟子还要一探究竟。

师父想半天，说：好吧，我来破灭你的一个梦想。

说完，问我能否下床走动，我说没问题。师父说：跟着我。

我一路跟着师父，我们来到了少林的大厕前。师父问我：这是什么？

我说：是大茅房。

师父问：一共多少个蹲位？

我说：至少有不下五十个。

师父说：本寺存在多少年？

我说：不下三百年。

师父说：对了。你看，这下面就通往那山洞，五十个蹲位三百年的屎尿积蓄其中，自然有让人窒息的气体产生。你闻一次不够，还闻了第二次。嗨，让为师怎么说你。你现在后悔知道这事情吗？

我虽然有偶像死去般的眩晕感，但还是说：不后悔，等我武功高强，还会进洞探寻。多谢师父指点。师父为何不早点告诉弟子？

师父说：那时候你小，有个洞可以想，是很好的事情。

我没说话。

师父说：你可以出发了。

我回到寺里，带上喜乐。告别师父。再一次。

转过身的时候，喜乐问我：这洞里究竟是什么？

我说：喜乐，不要被好奇心所害，我不能告诉你呢。

4

我和喜乐背着灵下山，其实这天对我而言已经期待很久，比如说十年前，因我总不想困在一个很小的地方做很大的事情，与其如此，不如在很大的地方做很小的事情。我想自由总是因为地方大而大，地方小而小。而这一天的来临似乎显得比较唐突，似乎显得突然，似乎人对期待很久的人或者事情的最终到来都会显得冷静以及反思为什么我如此冷静。原因是你选择了新的，必将失去旧的，而旧的似乎也很好。

事情虽然和我多年在脑海里的重复相比显得不那么隆重，一切就好似在逃难，但是逃难之余，还有意外收获，就是在一边背着与身体比例失调的灵的楚楚动人的喜乐。

为什么所有事情中的女方都是楚楚动人，我想是所谓的情人眼里出西施，这个理由很好，可是我实在无法判断，理由很羞于启齿，因为我没有比较，这弄不好是我第一个仔细看过的姑娘。

在一起的多年，有很多事情，需要慢慢回忆，总之一切都很艰难。首先和一个姑娘相处这么久，且她五官端正，很难不喜欢。而且更加艰难的是，在喜乐方面，身边一千多个男人，但和他们都没有暧昧关系，这着实不容易，并且没有和同样出众的释空师兄产生复杂得足以导致这个故事搞不清楚的感情更难能可贵。

我怎么知道，我想，别人做的和自己感觉的就是别人心中所想的。

我们顺着路下山，山下就有一个驿站，许多马匹在那里休息。多亏喜乐被救进寺庙前相对我而言有丰富的社会阅历，我才没有以为这些马是可以免费牵走的。喜乐说：驿站里是可以租马的，而我们正需要一匹马。

我说：我也觉得，可是我们没有银子。

喜乐说：那怎么办，我身上也没有值钱的东西。

我说：看来最值钱的东西就是这把剑了。

喜乐说：我倒是觉得可以把它当了。

我觉得大家应该都很穷，而且又穷又想骑马，因为驿站旁边就有一个当铺。

我和喜乐牵手走进当铺，把剑拍在桌子上。老板问我们：你们是哪里的人啊？

我说：我是少林，这把就是有名的灵，你看值多少钱吧？

老板看看我，看看喜乐，笑昏过去，说：灵倒是真的在少林，可是你，哈哈哈，少林现在真是开放啊，可以自带姑娘吗？

我说：放屁，我们从小就认识。

老板再次昏过去，说：娃娃亲也行啊，哈哈哈哈哈，好好好，不和你们闹，我看看这剑。

老板拿起剑端详，看了半天鞘，正要抽出剑来，我说：小心剑气啊。

老板真是性情中人，豪爽无拘，这一次足足笑了一炷香的时间，说：这鞘做得倒是不错，能给你们一个好的价钱，可是小娃你们就不要再夸张了，我要不就行了。

说着抽出灵。所谓剑气妖风什么，一概没有出现，平常到不行。老板说：好剑，好赝品，就是少点什么啊，要不就是真的了。

我想，所谓的少点什么，就是他本人少点什么。

老板说：我给你们十两银子，一成息，一个月里不来取，我就自己处理掉了。

喜乐说：十两？太少了，我们家还兴盛的时候，花了一百多两才造得的这剑。

老板说：哦，你们不是捡来的啊，那就五十两。

喜乐说：八十两。

老板说：行。

喜乐说：一百两。

老板说：那就不行了，再往下说就没个谱了，剑是不错，也够真，就是价钱再高点，我就能上山到少林寺里把那把真的买来了。

我说：啊，这也能买？

老板说：这你就不要管了，给你八十两。来，这属于贵重物品，我把画匠叫过来，把你们两个画个像，取的时候好不要弄错人，你记着，剑的号码是：贵重00121，密码是今天的日子时辰，我们是顶天当铺，想改密码，中原各个分行都行。

说着，画匠就来了。我和喜乐正襟危坐，画匠说，画一个画两个啊？

我说：画两个吧。

老板说：如果画两个，那只有你们两个一起来才能取东西啊，很麻烦的，上次私塾有一个班来当一样东西，把全班都画上了，画师画了三天，结果那班里的人现在死了两个，这东西就永远不能取了。

喜乐说：那还是画两个吧，我们死一个东西就不要了。

我说：那就画两个听见没，画好点。

画匠说：行，你们挨近一点，纸就那么大，离远了画不上。

我说：那上回那个班怎么画的啊。

老板说：公子请看你后面，那墙上就是他们。

我和喜乐转过身去，看着后面，我说：是得画三天。

喜乐说：怎么都这么丑啊。

老板说：是我上次那画匠不行，这不，刚画完那画儿，出门就给打死了。

我说：那这次给我好好画，我和这位姑娘都还没有过画儿呢，画不好我一样打死你。

画匠说：放心，保证公子满意。我这是这样，随意画不要钱，画得像半两，画得漂亮一两。

不等我发言，喜乐说：喂，我给你二两银子，你知道要画成什么样了吧。

画匠心花怒放，说：一定一定，你们坐好。

我和喜乐挨着坐，保持了一个时辰笑容，但是期间，画匠似乎没抬头看过我们。天色将黑，画完成了。

我和喜乐接过画，纷纷表示很满意，我对老板说：你给我把画保存好了，到时候来赎的时候还要把画要回去呢。

老板说：一定一定。不过两位贵人还需在画上按上指印。

喜乐说：为什么，万一你在上面加点卖身契什么的怎么办？

老板笑说：姑娘多心，我怎敢啊，以后这生意不要做啦？

我说：那要指印做甚，你不知道指印就代表人吗？

老板说：是啊，我怕没这指印，你们来赎的时候倘若我又不在店里，就凭这画里两位仙人，别人没法把东西给你们啊。

我和喜乐拿着银子来到驿站，问过老板，租赁的马在哪儿，老板指引我们过去，那里一共两匹马。喜乐说：怎么这么少？

驿站老板说：客官来得太晚，只有这两匹了，不过它们不是人挑剩下来的，它们也是好马啊。

我说：不是挑剩下来的，那是什么？

老板说：是人正好没挑的。你看左边黑马，体格健硕，尾粗腿壮，马力又大，吃得少，跑得多，速度绝快，马中豪杰啊。

喜乐问：那为什么没人租？

老板说：这马就是不听人话，瞎跑。

喜乐说：那怎么行，实在不行，就租你旁边那头驴子吧。

老板说：客官，那也是马，你看这小马，虽然体格瘦小，尾稀腿细，马力小，吃得多，跑得少，速度慢，但小巧玲珑，方便携带，两个人骑最合适，人腿脚一垂下来，那马就给盖住了，如若无物，远处看来，两位客官就好比凌空在飞啊。

喜乐想了想，说：那倒是很不错，哎，我们要哪匹马？

我说：我觉得那个乱跑的好，驯驯呗。

喜乐说：驯不好的，驯得好早就给租出去了。我们就要那小马吧。

我说：小马也行，就是万一有坏人追来，我们那马跑不快，怎么办？

喜乐说：可以了，将就吧，也总比径直跑到坏人那里去好。

我说：这样的小事情我听你的，我以后决定大事情即可。

我和喜乐牵着马出来，决定给这小马取个名字。喜乐打算叫它小扁，我觉得这着实像带鱼的名字，说：不行。

喜乐说：你看这马，多扁啊，脚也短，叫小扁最好不过。而且你说的小事情都由我来决定。

我说：可是取名字实在是件大事情。

喜乐说：管它呢，反正以后我就决定两种事情，一种事情是小事情，还有一种事情就是我负责判定一件事情是大事情还是小事情。

我和喜乐从驿站出来，站上高处，环望四周。那十年相处的地方就在山顶上，而由于这是最大的香火最旺的寺，所以在山脚下已经渐渐形成一个很小的集镇，由一个驿站、一个酒楼、一个当铺、一个打铁铺、三个客栈、一个杂货店组成，就是两条街，十字交叉，往前通往长安，后面是少林，左边向丝路，右边向大海。在中心地方挂一副对联，面上极度不工整，上联是：莫要。下联为：回头。横批倒是工整的四个字：莫要回头。

这样假装深奥的东西要看它出现的地方，出现在这样禅机无限佛光四射的地方，就是真理。凡能仔细想想的东西最好都不要去想，因为我实在不明白，这意思是说，不要一些东西回头是岸呢还是不要回头。

而不知道哪里侵袭来的风沙已经漫住这个小集镇。这是荒野处竖起的一个神圣地方，尤其在夕阳下面，好多不明白真相的人在莫要回头那里就开始磕头了，而所有东西好像都可以被一阵大风沙刮去。

外面似乎也很平静，但大家都知道上次的比武以后，江湖的关系已经微妙，而朝廷也有了微妙的反应。有些地方可能因为太过于长久安定，已经打杀声成一片了。

就在这样悲凉的落日下，我身边的姑娘叫喜乐，那倒也算了，关键是马还叫小扁，真是无法使人产生豪迈的气概。

而我和喜乐无论如何终于要离开这个地方，只是大家都不知道要去哪里，也没有人说过要做什么。我问喜乐，我们要往哪边去?我想，喜乐肯定比我更不知道。

喜乐说：我们可以去长安，那边大，可以去买一些衣服。

我使劲回忆临行前师父、方丈有没有任何事情对我交代，可他们只是说：你走吧。

眼下只好去长安。长安，多好听的名字，国都，那地方除了从来没有长安过以外别的什么都好。西去长安，有几百里路，骑驴子过去需要晃悠两天，那就意味着骑小扁过去需要三天。

小扁真是一匹善解人意的马，所谓通人性不过如此，人累了它就累了，人睡了它就睡了。我和喜乐本来打算在马背上打个盹，结果醒来发现小扁睡得比谁都香。喜乐两脚一夹，小扁猛然惊醒，哼唧一声，缓缓前行。

喜乐问我：这马何以站着睡觉？

我说：它聪明，若是它躺下睡觉你我不全都给摔着？

喜乐说：真是好马。

我说：此去长安，不光凶多吉少，而且真是毫无意义。

喜乐说：你怎知是毫无意义？

我说：因为实在不知道去干什么。

喜乐说：我觉得还行。不知道的事情又怎么知道有没有意义呢？

我说：真是莫名其妙。

喜乐说：那为什么你说是凶多吉少呢？

我说：不知道。我师父师兄出去办事都得说，此行恐怕是凶多吉少，不知为何。

喜乐说：可能这样说，万一出去失手死了，大家都觉得是应该的，万一没死，就好像很厉害一样。

我说：喜乐，你真聪明。

喜乐说：你也聪明啊，而且你看东西能那么具体，那么仔细，真羡慕你。

我说：没什么，只是观察入微。

喜乐说：可是，似乎，你难道没有观察出来我们已经半天在原地不动了吗？

我低头一看，小扁又睡着了。

我问喜乐：这是什么时候的事情？

喜乐说：我怀疑是我说出“真是好马”的时候，它又睡了。

我说：这得什么时候才能到长安啊？

喜乐说：只能先弄醒它再说了。说完两脚再一夹，小扁又哼唧一声，可是依然没有动静。喜乐说：完了，这马是一时半会儿醒不了了。说完跳下马，扯了扯尾巴，那马依然没有任何动静。

我说：不行吧，这马不能一路上成为我们的累赘啊。你踹它两脚。

喜乐说：这种小事情，还是由你来做好了。

于是我也下马，用力踹它一脚。小扁哼唧一声，还是没有具体反应。我和喜乐相对无语。我说：难道只能挖它眼珠之类才能弄醒？那能不能顺便多挖一点东西烤了吃？

喜乐说：你对小扁真是一点没有感情，反正今天也很累，不如就地歇一会儿，等天亮再说吧。

我记得在小的时候有一次也是这样，因为做点东西的事情大家偷偷跑出去在外面过了一晚上。当时还有我师兄，而我师兄现在在做什么？我不由得想起，我们从小一起长大，寸步不离，无话不说，当然也无话可说，除非寺里有什么新鲜事情发生。他同我的性格一样是属于难以形容的，因为在一起时间太过于长久，导致这次不能朝夕相伴觉得很轻松。可能我一直想要做一些他不知道的事情，而以前的事情大家彼此都知道得太清楚。

今天是我和喜乐，我们找到旁边一棵树下，小扁还在离树大概十米的地方自顾自站着睡觉。晚上空气很好，星星总能看见。我说：居然从寺里出来了。

喜乐说：我倒是觉得没有什么太大变化，都一样。

两句对话后，大家就昏昏沉沉了。不知道靠着睡了多久，我突然觉得有东西在身边，马上惊醒，站起来说：谁？

喜乐也被我吓醒，抱着我腿。

我眼前赫然是一张马脸。

我和喜乐松一口气。喜乐摸着小扁说：我想，我们哪能被追杀得这么紧。

我说：吓我一跳，继续歇会儿吧。离天亮还有多久？

喜乐说：至少还有几个时辰吧。一晚上真长。

我说：那是因为有点意外。没有意外，什么都短。

我和喜乐闭上眼睛。小扁居然在边上开始瞎哼哼。我说：完了，这马缓过来了，开始精力过旺了。你看你，挑的什么怪物。

喜乐在一旁蹭蹭我，带着睡意地说：管它呢，睡觉。

我记得当时伴随着马哼哼，我想了很多事情，比如对于将要发生的事情的无法预测以及这种彻底的无知带来的恐惧，我发现想得多真是毫无意义，因为一切都是一场强行发生和被迫接受。

第二天醒来，天色微亮，我闻到轻微青涩花香，空气里还有露水味道。难道这就是喜乐口中传说很久的花露水味？远处有些看不清楚，似乎有一些不高的山掩在雾气里。喜乐还在熟睡，我凑近她仔细打量，真是漂亮的脸，似乎比我在寺庙里看见的漂亮。为什么，我想，难道是因为这是我第一次看她睡梦中的容颜？而当她不看我的时候是否显得特别动人？我想了半天，最后沮丧地发现不是的，是因为今天有了参照物，就是旁边那张马脸。

而更加沮丧的是，小扁居然又睡了。

我想，我们仨，或者说，我们两人一马，会不会因为睡觉的时间完全不一样，永远没有三个都醒着的时候而导致一个月后还在此地？

我想，喜乐和我，无论我依她还是她依我，都可以。但似乎我们都要依这匹作息时间奇特，仿佛跟我们有时差的马。

我静静看着喜乐，此间，马醒了，跑到一边去吃了一点草，迷迷糊糊中，我又睡了过去。不知道睡了多久，我被喜乐叫醒。此时天几乎大亮。我醒来便说：马呢？

喜乐说：自个儿在树边跑呢。

我马上精神了，说：快趁我们仨都醒着，马上赶路。否则去长安要迟了。

喜乐说：哦，可我们去长安什么事情都没有，什么是快要迟了？

我说：我不知道，我总觉得要尽快到那里。

小扁带上我们，慢慢悠悠上路。

中午，我们到了一个铺子前面，那里卖一些茶水和干粮。我们拴好马，就座，要了两碗水和干粮。我说：这什么时候才能到长安啊？

喜乐说：问问老板。

我把老板招呼过来，问：我们这儿离少林寺有多远？

老板马上鼓励我们：两位客官一身疲累一看就知道是从长安来，不远不远，十里地就到了。

我和喜乐一听，顿时更加疲劳。

不一会儿，老板又过来，说：你们的小马怎么一路从长安骑过来都不喂啊，饿得都快不行了。

喜乐说：你不要怪我，我也不知道。

我说：算了，反正都这样了，那就早点出发吧，吃饱了？

喜乐点点头。我们重新上路，老板在身后一个劲儿大喊：错了错了，少林是那头。

我和喜乐只能假装未老先衰听力不济，笔直向前走。

到长安的路真是很长，我只是期待另外一个晚上的到来。有一种感受，必须到往一地却不知道为何是此地而不是彼地，这是多么不能用言语形容。某人双手为何是此人双手而不是他人双手，虽带来一样感觉，又不知道是否一样，真是很玄乎。

我和喜乐不用从头来叙述任何事情，其中无论有多少什么样的事情，到今日为止的结局总是不会变的，除非江湖真的那么简洁，我们其中一人会突然死掉。我其实私下假设过很多次这样的结局，因为喜乐在少林里混了很长时间，只是厨艺日趋见长，防身之术几乎和八岁幼齿时候没有什么区别，所以先死的肯定是她，于是要想的就是倘若喜乐死掉以后我应该怎么办。我想，我应该挖一个洞把她埋了，然后决意，我要与她生死相随，可是我还有事情没有完成，比如说，师父或者方丈被人杀了，我要报仇，而那人恰好和杀喜乐的是一伙人，正好新仇旧恨一起了。我对着喜乐的坟头说：喜乐，等我把他们全杀了，我就自己把自己埋了。然后，幸运的是，我顺利地把他们全杀了；不幸的是，我再也忆不起在那个伤心欲绝的雨夜，我究竟把喜乐埋到什么地方去了。

想到这里，已经不能再想下去，因那其实就是一种长久的分开，会长久沉浸在悲伤情绪中，像草一样不能自拔，而此时，现实生活中的喜乐总是活蹦乱跳到我面前。我会注视着喜乐，想，我怎么能把这么一个姑娘埋到自己也找不到的地方去啊。

喜乐和我在十四岁的时候，已经公然在寺庙里牵手。师父很宠我，说是我不懂事，还没发育，可是同我一起洗澡的师兄们居然私下告状，说其实我已经发育。这个让师父很恼火，因为师父这样说是给大家一个台阶下，可是师兄们居然如此不开窍，难道要当场脱裤验身？这多么不成体统。于是，师父把他们全打了，说：洗澡就是洗澡，是洗去身体中与尘世接触的俗气，你们不好好参透洗澡的意义，居然还满脑子想着要盯人家小弟弟看，真是太肮脏了。就算你释然小弟弟的小弟弟已经那个，啊，可是那又怎么样，不让喜乐和他牵手，转而和你们牵手？你们这帮色狼啊。

这样，在师父的偏袒下，那些从小没牵过姑娘手的人全变成了色狼。而我依旧可以随意牵喜乐走来走去。师兄们不理我一点关系都没有，有喜乐可以说话。

我问喜乐，想不想家里。喜乐说，其实她没有父母，从小只是被人当作乞讨时的工具，而要饭的都喜欢她，因为喜乐长得可爱，谁领喜乐出去要的钱肯定比别人多一番，所以喜乐从小就是丐帮的吉祥物，只有丐帮长老才能领喜乐去要饭。

多好，没有父母，那意味着成婚的时候就可以不用花费银两孝敬对方父母，喜乐也不用强迫被嫁到哪个公子哥那里去当妾。

我在寺里的时候就问喜乐：我们什么时候成婚？

喜乐说：等师父许我们出了寺庙再说。

我说：别怕，师父宠我们，直接在寺里办喜事就可以了，师父可以主持喜事，方丈爷爷可以见证。

而这话不巧被师父听见，惩罚自然是空前地严厉。

其实自从有了喜乐以后，释空就好像从我的记忆里模糊了，后面的十年是因为喜乐所以过得很快。无论是什么样的感情到最终都归于了亲情，我觉得，娶喜乐是迟早的事情。迟早的事情永远是早的比迟的好，因为倘若事情是迟早的，事情带来的结果也是迟早的，一切都是一样的，为什么不早点发生。

我问：喜乐，今天走了四五十里路，小扁居然还没睡，我们什么时候成婚啊？

喜乐半天没有反应。倒是小扁又哼唧了一下。

喜乐说：你娶它吧，它答应了。

我说：不和你闹呢，我们什么时候结婚啊？

喜乐又长久没有反应。

我想，这真是一个很难的问题，喜乐在我面前从来就没有表现出一个女人本来就有的矜持一面，不是她没有，只是没有机会，这次终于得到机会，肯定要好好矜持一番，展现女性魅力。

喜乐说：现在不行。

我说：为什么？你是怕现在答应了我，到了长安又碰到如意郎君吗？

喜乐说：不是，你都没送过礼物，人家哪能这么随随便便嫁你。

我说：那还不容易，直接把小扁送给你。

喜乐说：不行，那本来就是我的。

我说：胡说，那是驿站老板的。

喜乐说：那我不还了行不行，我和小扁待在一起的时间长了，产生感情了行不行？

我顿时觉得很失望，想在这方面，难道自己和小扁的经历处境是一样的？低声说：原来是这样。

喜乐说：不开心了？

我说：对。

喜乐说：我想的是，等我们一起有一个明确的目标，然后达到这个目标以后再结婚，不像现在这样，连去长安干什么都不知道就先成婚了。而且我们其实不是已经和结婚了没什么两样，天天在一起，就少一个仪式而已。不过你要留长头发了，要不然人都以为你是一个少林和尚，是保护我的，会和你来抢我。

我说：对。

当天的晚上，又是走到一个前不着村后不挨店的地方，小扁再也不行了。我们什么时候休息取决于小扁什么时候再也不能移动。我觉得我们还是要找一棵树，因为如果就在路边歇息，总觉得缺少依赖，空空荡荡，而寄托只能是树。这次的树离开得比较远，足有百来步。我们不能把小扁抛弃在原地，因为距离实在太远，会被人当作小野马带走，只能是我把小扁背到树下。

喜乐说：真奇怪，你一定要找棵树才能睡。

我问：你是觉得有没有树无所谓，心里没缺一点什么的？

喜乐说：是。

我说：我不知道。我只有靠一样东西睡觉心里才踏实。

喜乐说：你这样很危险。

我说：我不怕有什么危险，我在睡觉的时候旁边有什么东西轻轻移动我就能醒，怕什么，我们还有那么锋利的灵。

喜乐说：灵给当了。

我说：哦，那也不怕，总之什么人都杀不了我，师父说的。

喜乐说：我知道你厉害，可是，你一直在树下面睡觉，你会被雷劈死的。

我说：喜乐，你真聪明，下雨的时候我们不能睡在树下面。

喜乐说：你个没出息的男人，难道一辈子都要睡在树下面吗？

我说：哦，我们可以找一个漂亮的地方，有山有水，衣食无忧，盖一间房子。

喜乐说：那时候我就一定和你结婚。

我说：其实也没什么，我们手里还有很多银子，天亮以后我们到附近看看，觉得地方不错就盖间房子。

喜乐说：你真是不思进取。

我说：进取什么？大不了不用工人，我从小练的，一掌能劈开一棵树，还省得人锯半天，难怪师父说，练这个很有用。

喜乐说：我不是说这个，你想想，你背着天下都想要的灵，师父把什么都教给你，就是让你来砍树盖房子吗？

我说：我不知道，灵不是都当了吗？

喜乐说：你个笨蛋，你以为真当了吗？是我觉得我们背着太危险，暂时存在一个别人都想不到的地方。一个月以后还要去取呢。

我说：啊，难道还要骑着小扁回去？

喜乐说：当然，不光这样，我们还得准备将近一百两银子去赎。

我说：你怎么不早说，早说我就不当了，我们留在身边，还能见贼砍贼，见柴砍柴，多方便。

喜乐说：实在太危险了。你听我的，不要想着明天一早盖房子了，啊？

我说：好，可先盖一个小的呢？

喜乐说：乖，听话，过几天就盖，这里离少林寺太近了，不好，师父知道了会气死的，我们要盖就盖得远一点，好不好？先睡觉。

我没一会儿就睡着了，想，江湖真是如此平静。走远一点，盖个房子，长安无事。

第三天了。醒来。这次又是喜乐摇醒我，我睁开眼睛，模模糊糊看见眼前有好多人影晃动，张口就问：喜乐，到长安了？

喜乐说：不是，他们说已经等了你很久了。

我继续张大眼睛，见眼前有六七个穿着讲究的人，为首的更是眉清目秀，便问喜乐：喜乐，山贼是这样打扮吗？

喜乐说：不是，这些人说是逐城来的，想见你。

我问：你们是什么人？

为首的说：哦，我是逐城永朝山庄的万永，我父亲是江湖有名的万宝龙，流传下了有名的万龙归一剑式，此次前来，一是特地要目睹一下灵的风采，然后是想要和释兄切磋一下武艺。

我说：可以，不过灵你们是看不见了，因为剑还在少林呢，那是少林的宝，怎么能让我这样年纪的人随便带出来。

万永说：看来不错，我也是这么想，江湖传言真是不可信啊，那比武总算可以吧？

我说：没什么问题。

万永说：我父亲创的剑式必须要剑，但是你手里没有任何的兵器，不公平，怎么办？

我说：没事，我还不会用兵器，徒手吧。

万永说：我实在是太想赢你，所以不要怪我不公。开始吧。

我说：等等，你的旁人往下退点吧，我怕伤到他们。

万永说：不行，所谓万龙归一，就是很多人假扮成龙才能成功，我一个人不能使出这个绝技。

我说：啊？这么快就用绝招？好，喜乐，把小扁牵得远一点。

喜乐说：你小心。

我说：没事，我哪能死在离开寺里不到一百里的地方。

万永说：真是见谅，还耽误了你的行程，可是赢你真的很重要，不要怪我不择手段。

我说：你好歹也算是有气度的人，要不早在我睡梦里偷袭了，开始吧。

说罢，只见万永周围那六个人顿时形成一个阵型，绕着万永快速奔跑，最后变成一个圈，看得我眼花缭乱，想其实所谓万龙归一，最难的是那些喽啰，需要跑那么快那么整齐，绕着圈还不能晕。

我正迷惑地看着，忽然，那六个人手中抛出六个暗镖向我飞来。我想，真阴，趁人看傻掉的时候下毒手。那六个镖非常整齐，按照位置来判断其中五个目标应该是人的头、颈、心、肝、膝盖，真的很毒，而且很整，最毒的是最后的那一镖居然是向着我私处而来，真是断子绝孙。我猛看了一眼后面，发现后面只是一树，别无他物——幸亏小扁牵走了，否则还不知道怎么办呢。于是，我轻轻朝旁边跳了一步，那六支镖从我身边掠过。我偷偷一笑，想这就是所谓万龙归一。

忽然间，从六个转动的人阵里飞出一支短剑。万永真不是一般的功力，能从那六个转动的人的缝隙里把剑隐蔽地射出，并没有误插在自己人屁股上，着实不容易，练的时候得死多少人啊。

我想，大不了就是再躲。可是我忽略了一个东西，那便是此时我正跳在空中，脚还没有着地，实在没法再做动作，而那剑的速度真是十分之快，而且是越来越快，并且是顺着我跳的方向。

完了，我想，只能拿手接了。

趁暗剑靠近我，我两手抓住短剑的把柄，那剑锋只离开我不到一指，我须在这一指里把剑停住。我觉得应该没有问题，可万万没有想到的是那一剑的力量真是比我想象的要大很多，而那时已经根本没有地方可以躲。

最终，剑插进我体内有一指。

一个招式就这样结束了。大家都没有了动静。喜乐飞奔过来，急着喊：哥，你怎么能自尽！

我拔出剑，说：差点给扎进去了。

喜乐说：怎么回事？

我把只破了我一个小口子的剑拔出来，说：轮到我了。

万永笑笑说：不用了，你已经输了，剑里有毒。

喜乐忙问：什么毒？

万永说：西域红花，你也不要急，毒性发作很慢，两天才能彻底发作，你同我去逐城吧，我没有什么恶意。只是大家可以结个兄弟，况且解药在永朝山庄里才有。我保证你没什么事情。

我说：多少时间发作。

万永说：要两日。但是一旦发作以后就再无解药。

喜乐说：那就到你山庄里去。快点。

万永说：你们骑马跟着我。

喜乐说：等等我们，我们的马太慢。

万永说：没事，我把我的马给你们，我用我兄弟的马，你们的马，我让一个兄弟给骑回来。

这意味着，很多路白走了。

这里到逐城真的不远，很快，就已经在城门脚下。永朝山庄在城的最西面，靠近后山，是本朝几乎最大的一个山庄，有一段时间专门供给来烧香的大臣皇帝。我都来不及看逐城的景致，就到了永朝山庄。永朝山庄的大门比城门还要大一倍，而正中悬挂的“永朝山庄”四个字便是皇帝所写。因为这四个字着实很难看，要不是皇帝写的，没有人愿意挂在这么一个在山庄的门口。

而这一路我已经开始昏迷。我想，没事，还有解药，而且肯定不能是我死，事情就是一个意外，虽说有点委屈，这是我正儿八经地第一次和人较量，居然给人毒了，还被人搬回家进行拯救，真是很没面子。

永朝山庄里面很大，因我已经记不得我被抬着走过多少门口，旁边景物似乎时常变化，时而荷花，时而木雕。我已经看不真切，听得也不是很真切，只有喜乐在旁边哭的声音。我想，万一这次解药失败，没想到是喜乐埋了我，真是不能多想，自己仅仅是自己，而结果却是相反。

最后我在一间满是藏书的屋子里停下来，喜乐惦记小扁，说这得三日以后才能看见它。万永说：你放心，马肯定没事，还是解毒要紧。说完，就从书房桌上拿起一个瓶子，摇摇，让我喝下。

我说：万大哥，你家的解药怎么随地放啊。

万永一个手下说：少问。

万永脸一横，骂道：这儿有你说话的份吗？少自作主张，以后这位也是你主子。

然后转向我说：哦，小的都不懂事，你还是赶紧把解药都喝了。

我说：我已经喝了。

喜乐问：喝多少？

万永说：一口。

我说：这真是，我有点渴，就全喝了。

万永说：没事，虽说这一瓶在江湖上要银子八千多两，但是我的山庄有的是钱，为了结交两位，每天拿这个当酒都可以。

喜乐说：怎么那么贵？

万永说：这，就是江湖上有名的百毒散。

我和喜乐都表示没有听说过。

万永说：这药可以散百毒，江湖上行走，有那么一瓶，真是……

喜乐说：你这山庄就是卖药赚钱盖的吗？

万永说：不是，这江湖上有名的永朝山庄，你们难道没听说过吗？

我和喜乐表示没有听说过。

万永说：那说明你们真不是江湖中的人士。这药是很贵，八千是成本，一般卖五万两一瓶，我父亲是江湖上有名的毒王，专做各种各样的毒药，毒到你们都想象不到。但是我父亲只是爱好做毒药而已，并不喜欢下毒，他的毒药从来也不卖，但是江湖中人都很觊觎我父亲的东西，大家想尽一切办法来偷抢，所幸我父亲武艺高强，除了耗子药以外没有流落到民间一样东西。之后我父亲被朝廷招安，以后我朝打仗，久攻不下一个地方，便用灭城毒，仗是好打了，现在的半个江山都是这么来的，可是我父亲却郁郁而死。

万永说完这些，神情凝重，看着我和喜乐。

喜乐看着我，半晌才说：哥，你听见没，你刚才喝了整整五万两银子。

稍聊几句，有些词不达意。万永亲自去安排招待我和喜乐的食宿，我和喜乐便在这庄园里闲逛。这真是很大的庄园，要比我们寺大出很多倍，可能因为实在太大了，终日不见一个人。从书房走出，似乎花了很长时间才走到别的一个建筑，而那些建筑都有专人守候，我和喜乐身份尊贵的意思估计还没有彻底地传达下去，大家都很警觉地看着我们。

我说：喜乐，你喜欢不喜欢这样的大屋子。

喜乐说：不喜欢。

我说：你身为一个女人，怎么能不贪图荣华富贵，哈哈！

喜乐说：你看那些屋子，会一朝一朝转手，自己也只是住一住，住的时间长短不同而已，没人能占有。

我说：可是你看别人，出手阔绰，而我们，却需要想办法将那把剑赎回来。

喜乐说：你不明白。

此时天色已黑，永朝山庄的某间大屋子里，歌舞升平。声音传来，喜乐嚷着要去看戏。我只是感觉，看什么戏，自己看自己做的，都已经成戏。

我们继续沿着长廊走，所谓奢华，如此即是。长廊两边是一潭荷花，有钱人就是有钱人，不知道怎么弄的，我感觉这荷花是天天开放，让人迷醉，还有悠扬歌声。往前走，便是后花园。此时阴森，月光下怪石嶙峋，而且植物完全不知名。

喜乐很害怕后花园，觉得任何后花园都发生过恐怖事情。

任何的庄园都是一样，区别应该全在屋里，这里的屋子都大门紧闭。我们原路回去，发现万永已经在书房里等候。

我说：实在不好意思，我感觉清爽很多，所以随意走了走。

万永说：哦，不必客气，一切请便，这里随便走，侍卫们没有为难你们吧？我已传话下去。

我说：不过我还有疑问，为何你找我们呢？

万永说：其实我听到消息很久，我也仰慕你很久。大家都知道你有不寻常的能力，大家都想杀你，谁能杀你，谁当然就更不寻常。我觉得，大家都是习武的人，杀很没意思，打败就可以，所以一知道你从寺庙离开的消息就带人出来找你，没想到你们一路走那么慢，两天才走了几十里。

喜乐说：我倒没听说，可这一路上就你一个打我们主意的，别的一个都没碰到。而且，都有谁想杀我们？

万永说：哦，姑娘，不是杀你们，是杀他一个，你是顺带的。

但总之没有什么高手，所以都想一鸣惊人。

喜乐说：哼，告诉你，我最厉害了，他都听我的。那些人呢？

万永说：哦，他们得知这个消息后，都纷纷加急追击，路设埋伏，不想你们实在太慢，他们都在你们前头。

喜乐说：那你怎么没在我们前头？

万永说：哦，是我得到消息太慢，因为我一直在长安。刚回来，我一得到消息，就马上追上来了。

我问：那——这，我出来难道就是为被追杀？

万永说：没这么严重，谁可杀你？冒昧问，你和这位喜姑娘的关系是——我好安排具体房间。

喜乐说：他是我丈夫。

万永大惊失色，说：可他是和尚。

我说：哦，这是法外开恩。

万永说：哦，那两位歇一个房里即可。明天天亮，我再过来，带你们逛逛庄园，然后多住两天。

我说：谢过万大哥，可是我们需要急奔长安。

万永说：去那里干什么？

我和喜乐异口同声：不知道。

晚上入睡的时候，我又问喜乐：你喜欢不喜欢这样的大房子和大床？

喜乐说：我不喜欢，因为不是我的。

我说：不能这样说，一切房子和床都比你长寿，所以只是你的一辈子是它们的，而它们的一辈子并不是你的，可能你死后还有别人。

喜乐说：管它呢。我的就是我的，死了我就带走。

我说：你带不走。

喜乐说：你不要和我抬杠，连同你一起带走。我要带你走，带小扁走。

白天醒来，空气良好，早餐丰盛。万永还是早早就在等候，使我们很不好意思。他估计是全朝有钱人中最早起床的。

万永说：知道你们执意一别，我也不阻拦，有这次相遇，大家都是兄弟，后会肯定有期。

我和万永寒暄两句，喜乐吃了点东西，我们便告别这不真实的地方，去往更不真实的长安。走前，喜乐问：万大哥，我的小马可曾喂饱？

万永说：哦，我吩咐下人去看看。

几分钟后，侍卫赶来，一阵耳语，万永大惊失色，说：怎么可能？

喜乐一下就哭了，说：我知道你什么毒都能解，是不是觉得药水太贵不能给一匹马？早晨的草沾有露水，有的有毒，不能给马——

万永笑道：姑娘误会，是贵马还在途中，还差几里地才能到山庄。你们的马，行动迟缓，微显呆滞，怕会拖累你们，不如这样，我的庄园里有西域来的——

喜乐打断说：谢谢，不用。

我问：你就如此喜欢一匹从来没跑过的马吗？

喜乐说：是。

我问：为什么？

喜乐说：我第一次挑的就是那马。

说实话，我对小扁实在是不存在感情。女人的奇怪在于，她们能对一些不可思议的事物产生难以理解的感情，而我却为始终没有能在马背上展露飒爽英姿而感觉懊恼。那马让我感受不到任何的速度，有的只是等待前面景物慢慢地来临。为等小扁，我和万永聊了一些江湖深浅，终于小扁到了。我和喜乐立即上去迎接，主要是怕它休息。小扁在跋涉两天以后，和原来没有什么变化，倒是马背上和万永一起施展万龙归一的哥们儿疲惫不堪，几乎已经不能言语。而至于我中的那场毒，已经没有什么大碍。可能是师父从小对我进行了传奇化，让我觉得，我和喜乐根本不可能死在这平静纷乱的世上。加上解药的效果着实很好，我又喝了一个整瓶，心里感觉已经是百毒不侵，所以对于前路更加无畏。

喜乐骑上小扁，我和万永道别。

这可能是我第一次同和释空以外年岁接近的同性交往，竟有些依依不舍。喜乐已经“驾”了不下十声，我才转身追上在两丈开外的小扁。

如此的道别真是让人尴尬。我看见自古英雄豪杰，惺惺相惜而终须一别的时候，都是抱拳一声，后会有期，然后转身跨上烈马，不消几个眨眼，已经消失天边，空留落日以及地平线上马蹄扬起的幽忧尘烟。而这次，虽都是英雄，可是要我和喜乐和小扁消失在地平线，无论如何都需要一个时辰左右，而在那段时间里，万永肯定是不好意思转回庄园，不得不进行残酷的目送，真是为难了这位兄弟。

我催促喜乐说：快点。

喜乐说：催什么，小扁已经很长时间没有歇息，慢点。

我说：胡说，它这一路，肯定全在歇息。不信看我。

说完我猛踹小马一脚，那马受惊往前跳出一步。喜乐在马背上大叫：好快啊，不能控制了。

可我悲伤地觉得，那是被我踹出去的。我实在无法对这马产生喜爱，但也无法产生怨恨，因它长相实在愚蠢，让人觉得本应如此。

经过时间不短的折腾，永朝山庄彻底从我们眼里消失。

我问喜乐说：你难道没有想过嫁给一个像万永那样的人吗?

喜乐说：完全没有啊。你为什么老想把我甩脱？说!

我笑说：不光是你，我想把你连人带马甩脱。

不知不觉，似乎经过很久，我和喜乐来到逐城。

此时已经天色将黑，喜乐说：逛逛吧，兴许有点发现呢。

我说：能有什么发现的。

逐城。我想，这是个记忆里被定在年少时候出逃帮师兄做暗器的地方。那时慌张，我从不曾仔细看过这个重要的中原小城。这小县城其实只是被四条长街“井”字分开，但街的确是很长。传说此地是宝地，地下龙脉穿过，尤其是井字的最上面一横，更加是珍贵之地，所以几乎所有王爷大臣富贾，都在上面盖有私人宅邸，这也就是我和喜乐上次要露宿那里被赶的原因。而那里，地上是不是还能出现一些银票?

此时银票泛滥，管理混乱，但凡银票，只能为官员流通，老百姓还不能享用，而在产生效用之前，必须经过各地直派的监理银票的大臣亲笔签字才可生效。在每个地方，他们都受人尊敬，简称为“监银”。这些监银都上了年纪，不贪图什么，只管闭着眼睛签就是，可麻烦的是，倘若签了，便要记入账中。这委实不好，如若收入透明，那还和老百姓有什么区别。但是监银的字迹又经过特殊练习，很难模仿，尤其是笔锋的掌握，非常独到，所以银票真假一眼便知。

但是，逐城的县管极度的聪慧，他将自己的银票和下人专门模仿的形似的监银签名微微浸入水中，签字变化开，笔锋便无迹可循，然后说是下雨时候淋到了。这种方法后来慢慢流传，民间称之为“洗钱”。

而我和喜乐脚边飘的银票明显没洗过，也没有监银的签名，所以都只是纸。喜乐蹲地上抓一张看一张。

我问：看什么呢？

喜乐说：我看看万一有监银签过的。

我说：不可能，监银签过的，不可能在街上飘。

喜乐有点急了：那我们怎么样才能把灵赎回来啊？

我说：我们也可以不要那把剑了，于我无用。

喜乐说：不行，那是我们的东西。

我说：你为何老把我的你的分那么清楚？东西总是流动的。

喜乐说：那我流动到姓万的那边去，你愿意？

我想想，说：我还真没有什么不乐意。

我突然觉得，我是否并不喜欢自己身边的姑娘。因为我的确没有什么不乐意。莫非我只是对她太放心，觉得凡事都是不可能，两人早已是一人。应该是我实在很不能离开这个姑娘，那便是最深切的喜欢。因为与她的一切都如此自然，仿佛时光都是平顺流过之中，不能有何怀疑。

我说：喜乐，你不要捡了。

喜乐站了起来，说：这街不是我们待的，走，我们去穷人待的地方。

我跟着喜乐穿过一条街，来到人声鼎沸的地方。我感叹，好热闹。喜乐牵着小扁，走前一步，说：看，这是柳巷街。

突然间，我觉得什么声音快速由远到近不对劲儿，当前面人群被撕开我才看见一匹健壮的黑马，上面坐一个光头，胸前挂着“释甲”两字，扬鞭而来。而喜乐正傻在马的正前方。黑马上的小子大声嚷嚷闪开。我看喜乐是闪不开了，于是冲到马前，直接扫了一记马腿，那马顿时失去重心，轰然跪地翻倒，马人一团，从惊呆了的喜乐和小扁眼前滚过去。与此同时，人群里传来热烈掌声。

我忙上去看看那叫释甲的伤势。刚刚靠近，他猛然扬起一巴掌，我重重拍下他手，说：混蛋，少林有教你扇人耳光用这等武功吗？

他顿时茫然，说：我这么好的法号，你知道我不寻常，居然敢冲撞我，真是不想活了。

我说：你这狂徒，我法号还是释然呢，才慢慢悠悠骑了那么一匹马，你居然骑一匹大马在闹市乱闯。

他说：胡说，你叫释然，我还叫释空呢。

我终于忍不住，说：胡说，我还认不出我师兄。

喜乐这时候缓过来，从行囊里拿出法号的牌子给他看。

那人一下就泄气了。我说：没事，我不说给师父听，我师兄如何，最近？

那人说：我都不认识。

喜乐问：那你那牌子哪来的？

他说：死人身上摘下来的。

喜乐说：死人？哪里死人？

他说：城南逐鹿谷。

逐鹿谷是地势的一个奇迹，在平地里猛然出现一道裂缝。当年攻打逐城时候，据说逐鹿谷就十分让人头痛，因深不见底，又足足有江面之宽，所以守城时候根本不用设防，而今朝建立之关键，正是因为大军从逐鹿谷杀进去，才将对方杀个措手不及。至于如何从逐鹿谷杀进去，百年后已经众说纷纭，那是旁话。关键是，怎么会有少林的弟子死在那里。

喜乐继续问：你是谁？

他说：我是耗子。

喜乐问：那边怎么回事，耗子？

他说：不知道，反正死了好多人。

我想，我走了不过几天，就好像不知道很多事情，并且发生很多事情。我想这事师父是否知道。寺其实离开这里不远。我觉得有必要回去一下。喜乐说要天亮以后去逐鹿谷看看，我说：行，看完以后，我想回趟寺里。

放过耗子，我对喜乐说：刚才就差一点点。

喜乐说：胡说，其实我早发现了，是我要牵着小扁走，小扁它看傻了，牵不动。

我说：好，就算如此，我心中还是猜疑。我们还是先睡下。

我回头看看，猛踹一脚那笨马，它才恢复过来。想必它也受惊吓不小，因为直接有比它大两倍的同类从眼前滚过。我想，让它看到这一幕以后，它可能会觉得果真是十次事故九次快，而再也不会跑一步。

柳巷街很长，而在最繁华地方有个客栈，富丽堂皇叫柳巷楼。我说：就住那吧。

喜乐说：不行，那里太贵了，我们银两不多了。

我问：还有多少？

喜乐说：五万几十两吧。

我吓了一跳，问：哪来的？

喜乐哈哈笑，环顾四周，看到四下无人，从行囊里掏出一个瓶子，差点笑得人仰马翻：哈哈哈，哈哈，我偷了万永家一瓶解药，什么万毒散还是百毒散。

我大为吃惊：你这个也行？

喜乐说：我看这万永，他不是好人，这解药倒是很有用，以后可以在武林大会的时候放心吃好吃的。

我居然说了一声：不错。

从小，师父教我什么不该做，但师父没说什么该做，他说，除了不该做的，别的都该做。但偷是绝对不可以的。我从来也很鄙视窃贼，不想在喜乐偷了一瓶价值连城的水时，我居然进行了赞扬。为什么？是自己已经对喜乐的行为丧失了判断能力？还是万永在我的下意识里就不是好人？还是为生计所迫？阿弥陀佛。

在忏悔以后，我问：喜乐，你是怎么干的？

喜乐说：哦，随便拿拿就拿出来了。

我说：那难道没有人发现吗？

喜乐说：连你都没有发现，别人谁能发现？

我说：这不太好。

喜乐说：不太好？喂，你当我是贼啊。

我说：没这意思，只是师父说，不能偷窃。

喜乐说：我是听万永那么一说，觉得你一路上很困难，不知道要中各种不知名的毒多少回，所以才偷偷拿了一瓶，不是偷，是偷偷，偷和偷偷是不一样的，你明白吗？

我说：我明白了。

沿着柳巷街往前，拐进一个胡同，顿时发现无数花枝招展的女人。我连忙要走，喜乐说：走什么，又不是没见过女人。

我们要去的目的地估计是全县城最角落里的一个客栈。

喜乐让我看旁边，说：你看，这些都是窑子，也就是妓院，青楼，知道不知道，你，是不能去的。

我不知为何问了一句：我为什么不能去？

喜乐大怒：你——那你去好了。

我说：银子都在你这里，我怎么去？

喜乐捶我一拳，说：小混蛋，你居然知道去青楼是你给姑娘银子而不是姑娘给你银子，说，你怎么知道的？

我说：我知道什么啊？现在去哪儿不是都要花银子吗？连这样的马都花了不少银子。

喜乐说：也是，总之，你不能去青楼，知道吗？青楼女子，都不是好人。

我顿时明白了，说：其实她们也未必，生计所迫，万一呢？

喜乐说：我小时候也是生计所迫，最后和老爷爷一起去要饭了，怎么没去青楼当青楼女子啊？要过活，怎么样都能过活，不能像这些女人，好吃懒做……

我说：不过——我实在是不敢说。

喜乐说：直说，我不会打你的。

我说：哈，那时候是你岁数太小。

喜乐听完就将我一顿打。

繁华景物和轻浮歌声都在旁边过去。青楼规模都很大，大多两层不止，披红挂绿。怎么可能有那么多青楼，我想，真是青天不在青楼在。喜乐说：那还是少的，到了长安，势必更大更多。

我问喜乐：那青楼上税吗？

喜乐说：都是收税的开的，上什么税。

我说：真是作孽啊。

喜乐说：你个呆子，你们这帮男人呐，去两次就不觉得作孽了，肯定还不住喊，怎么就这么点姑娘啊？

我大笑，说：你个小娃，我怀疑你晚上是不是睡在寺里，怎么像偷跑出去每晚都睡在花花世上。

穿过了一条街，猛然到达僻静地方，在县城尽头隐约出现一个客栈。喜乐说：就这儿吧，肯定最便宜。

客栈前挂俩红灯笼，看不清楚叫什么，只管进去。价钱果真很便宜，我和喜乐要了一间背风的，拴好马，摸黑上去，楼梯一阵乱响。下面打通铺的顿时骂成一片。到房间里，点着灯，我说：尚可。

喜乐说：你看，以前你都没住过好地方，从来都没有比较，现在住过永朝了，就说，尚可。

我说：可能是。那你也是比较过了寺里的师兄，最后跟了我吧。

喜乐说：胡说。那你呢？

我笑说：我是苦无比较啊。

一夜无事，清晨醒来。经过两天连续睡床铺而不是树下，我精神爽朗，觉得要去寺里看看。这次我们怕被人嘲笑，没有牵马，直接步行。很快就到了山上，很快就见到师父。师父哈哈大笑，说：好玩吗？

我说：好玩。

师父问：迷惑吗？

我说：迷惑。

师父说：迷惑什么啊？

我说：不知道。

师父说：那你真的是够迷惑。

师父说：那我告诉你，你要先到长安，找到一个老头儿，他能先知。你问他即可。

我说：我如何找他。

师父说：既是先知，自然会遇到。若遇不到，你也不是什么，他也不是什么。

然后，我告诉了师父关于逐鹿谷死了一些人的事情，并且把法号牌给了师父。师父看后摇摇头，说：你径直去长安即可，这些事情，为师处理即可。

我和喜乐别过师父和方丈，没有看见释空，直接下山。我想，真是兜兜转转，路程很多，却回原地。喜乐说，不是回到原地，只是来到了原地。

眼前让人觉得索然无味的是，我们又要去长安，我感觉我和喜乐出发了半天但是始终没有发出去。并且假装神秘地要去找一个神秘的人。这世界上太多神秘的人，真不知道作为神秘的人本身，他们心中是怎么想的。

我想，罢了，那就出发吧，可是一想到我们的交通工具，就万念俱灰。这着实只是一个宠物，完全不能用于交通。无奈喜乐和它产生了感情。女人真是奇怪，只要对一件东西产生感情，无论这件东西在当今局势或者现实生活中是多么不实用或者有多少缺点，都完全不予以考虑。

拜别了师父，我和喜乐便下山牵马。我很想去逐鹿谷看看到底有些什么事情发生，可是无奈和长安不是一个方向，我的马又不能迅速来回，让人失望。我想，还是踏踏实实去长安，踏踏实实把不知名的事情做完，踏踏实实盖一个栖身之地，再踏踏实实做一些不知名的事情。

正确的路线里，去长安一定要经过逐城。我们这次完全是快马加鞭，一路没让小扁任意歇着。喜乐很是心疼，觉得她的马都要累死了。我说，我们和马睡得一样多，没道理身为马的它比我们先累死。况且，师父说了，尽早到长安。

喜乐问我：那到了逐城还休息不休息？

我说：不了，星夜直奔。

喜乐说：那总要吃点好吃的，我知道有个地方，不知道拆掉没有。

我说：可以稍微休息。不过还是不能睡觉，我总觉得不能在逐城睡觉。

到达了逐城，来到喜乐说的不知名酒楼。这酒楼规模很大，价钱公道，本来叫一个很吉祥的名字，后来，多年前有一次，皇帝微服私访，来到传说中的这家逐城第一酒楼，吃得很是对口味，心花怒放，回到宫中，心花还没凋谢，兴起给那逐城第一酒楼题了一块匾，并且按照自己的心愿改了名字。不幸的是，皇上草书彻底自成一家，别人完全没看明白，又都不敢问，只好那么悬着。

那匾在很显眼的地方，裱金戴绸，上书：××酒楼。我和喜乐坐定，伙计沏上茶水，张罗着拿菜单让两位贵客看。这家号称中原服务态度最好的酒楼，果然是名不虚传。但凡事都有原因，原因可能不是你想象的那般，只是因为皇帝微服私访过一次，还题了字，这里的老板就恨自己有眼不识泰山，并且坚信皇帝还会再来吃，所以教导伙计们怎么辨认皇上。比如穿得和普通人一样啊，不显山露水啊，旁边一定至少跟了一个人啊，看上去武艺不高强但实际上肯定武艺特别高强啊，吃的东西不是山珍海味啊……搞得伙计一眼看上去觉得谁都是皇上，谁都不敢怠慢。

菜还没上来，我随意看风景，突然我看见对面窗户里飞来两件暗器，分别是向我和喜乐而来。真是高人，我瞄了一眼，觉得倘若我们不动动肯定双双中镖。于是我踹翻了喜乐的椅子，自己则侧身一躲，两镖双双落空。只是喜乐翻倒在地，大家都看着这四脚朝天的姑娘。

突然人群里有人喊：死人了，死人了。

我扭头一看，发现坐我们后座那桌上死了一个伤了一个。还没来得及想什么，突然传来声音：就是那小姑娘发的暗器，下手多重啊，把自己都掀翻了。

还有声音说：抓起来，先送官再说。

我想：喜乐送官就完了，虽说肯定是无罪释放，可估计要变个妾之类的。我忙冲上前，扶起喜乐，说：大家不要误会，不是她干的。

群众说：对，一看就知道不是她干的，是你干的，你内力可以啊，都把她震翻了。

我说：不是我干的，是对面楼干的。

群众的意思是，楼是没有生命的，不是对面楼干的。

我见人群靠前，护住喜乐说：你们不要过来。

这时候在最前面话最多的一个家伙说：我在江湖飘荡了二十年，我的江湖经验告诉我就是你干的，看我把你拿下。

说完一拳过来。我接住他的拳，在手里翻了他的手，借他的力拿我的肘打了他的脸，脚轻轻一扫，那人就昏过去了。

大家惊呼：果然是你干的，我们这位江湖上混了二十年的人称打不昏的壮士居然一下就昏过去了。我们和你拼了。说完三四十人一起涌上来，我顿时感觉手足无措。

这时，喜乐冲出来说：不错，是我发的镖，我还有几十镖，看镖！

说完手一扬，三四十号人全都整齐地卧倒。喜乐拉着我说：快走。我和喜乐撒腿就跑。回头看两眼，发现原来受伤的那家伙因为抢救不及时已经死了。心想群众真是闲的。

我和喜乐逃出酒楼。很快后面的人就没有了。

我和喜乐微微感觉有点内疚，虽然人并不是我们杀的，但是在这说不清的年代里，说是你杀的就感觉真是你杀的。况且对面楼里那人着实让我们感觉困惑不安，我们觉得，此地不宜久留，必须及早出城。

到了城门口，我、喜乐和小扁刚刚穿过城门不远，突然间，有官兵叫道，一个年轻人一个姑娘和一头驴子，就是他们仨！

喜乐看着我，说：逃。我心想，这下是完蛋了，因为有小扁在。喜乐跨上马，对我喊：重重踹它！

我想，也只能死马当成活马医了，希望它能明白局势的危急。想着，我重重踹了小扁一脚。

刹那间，我感觉一切仿佛停滞，小扁停下慢走的脚步，缓缓回头看了我一眼，我想这下彻底完蛋了，小扁八成是被踹死了，这下怎么向喜乐交代。与此同时，官兵正向我们扑来。突然间，小扁“嗷”的一声号叫，撒腿狂奔。我跟着马一路穷跑。

小扁跑得真是飞快，我被越落越远，喜乐不断在马上叫我的名字，小扁也渐渐消失在我视线里。这时候官兵追近，只听后面大叫“放箭”，顿时一阵乱箭，我看得目瞪口呆，射箭的平日肯定没有苦练骑射，因为实在太歪了，我不得不笔直地跑下去，踉跄几步就会被射中。

不过终究我靠的是双腿，他们靠的是良马，这样跑下去也不是办法，我偷瞥一眼，发现只追来四人，我觉得没有问题，便停了下来，只是担心喜乐去了什么地方，小扁第一次飞跑，会不会没有经验，跑死才停？

小队人马停下，喝道：你小子不跑了？跑得倒挺快。跟我们回去。

我说：凭什么跟你们回去？

带头的说：少废话，干了什么，你难道不知道吗？

我说：我究竟干了什么？

带头的说：放肆，还斗嘴，你个半秃的流氓，快脸背着天趴地上。

我说：那你倒是说说我犯了什么！

带头的说：我怎么知道你干了什么，上头让抓的。

我说：那你如何确定是抓我？

带头的说：我不确定，所以抓回去看看。

我说：怎么能乱抓人？

带头的说：我们从来是想抓谁就抓谁，皇帝老子犯了事我们也敢抓。

旁边随从偷偷地看了带头的一眼，被带头的骂一顿：荒郊野岭，还不能吹吹牛皮啊？

我说：我真的没犯事，你肯定是抓错了。

带头的说：上头说了，一个年轻人，一个姑娘，一头小驴子，看见就抓。

我说：这多了，况且你看看我们那是驴子吗？你见过跑那么快的驴子吗？那是西域汗血马的小崽，皇帝下面梁大将军赐的，人称马中极品跑不死。

带头的说：你的跑不死果然是名不虚传，久仰久仰啊，那你是来做甚。

我将法号牌给他一看，说：我是上面派下来秘密调查逐鹿谷死了几个寺庙里兄弟的事情。现去长安。

带头的说：哦，这案子不是由李大人负责吗？

我说：你听明白没有，叫秘密调查，其中很多内幕，恐怕要牵扯出来一堆人啊。没你们的事情了，你们走吧。

带头说：弄错了，有所冒犯，我这也是工作，大家多多理解哈哈多多理解，都是一家人，都是一家人。说完招呼手下说：和这位勇士道别。

这帮人齐声说：勇士，后会有期。

我一招手，说：走吧。

人马远去。

我沿路叫着喜乐的名字，心急如焚。我从很小的时候便有喜乐陪伴，总觉得她是自己的一部分。其实我着实武艺高强，但我之所以一直觉得自己功夫一般是因为喜乐已经是我的一部分，所以分摊下来，自然一般。多年以来我和喜乐从不曾感觉将要找不到对方，如今第一次有这样的感觉，脚下自然走得更加急。

天色已经暗下，中原渐渐刮起风沙。逐城外几里极度空旷，远处视线里只有一棵大树在最后一丝红光的地方。我觉得喜乐应该在树下等我，倘若她能刹住马的话。

我不停地飞奔，跑了不知道多少时间，那树似乎从没大过一点，着实让我十分生气。我总希望喜乐突然跳出来说：真笨，怎么没发现我，瞎子。

跑了足足一个时辰，幸亏今晚有月，让我可以知道树在哪里。我突然闪过一个念头，倘若那树底下没有人，岂不是让人很绝望。想到这里，不禁环顾四周，觉得内心如同周围景物一样空空荡荡，什么长安、师父、先知、武当、少林、其他帮派、无灵、灵、释空，都离得太过遥远，如同隔开很多事物，夹杂过多纷争。以前的一切里最真切的居然就是当铺里那幅画，本来我可以和喜乐有很好的肖像画，不幸的是，喜乐钱付太多，画成两位仙人，完全不似彼此，真是十分可惜。

一切还好，喜乐就在树下。小扁在几米开外进食。喜乐看见我，大声哭了出来。我假装很镇静，说：你不怕被雷劈死啊。

喜乐哭得更加凶猛，连小扁都抬头看着。

我说：不起来迎接我啊，我就知道你在树下。

喜乐还是泣不成声。

我说：好了好了，我这不是健在吗，又找到你了，可以一起去长安了，我没动一下手，你猜那些笨蛋怎么了——

我走近喜乐，发现她的衣服上手脚处都是血迹。我忙问：怎么了？

喜乐不说话，还是哭，我解开她衣袖，发现都是擦伤和淤青。我说：喜乐，你从马上摔下来了？

喜乐低声说：不是，是我跳下来的。

我问：为什么自己跳下来？

喜乐说：我让马停，马不停，跑了好远，我怕你有什么事情，我又看不到你。我就跳下来了。

我抱着喜乐说：没事的啊，你看，我们到了长安，找个跌打铺子，买上上好的药材，敷在身上一定什么都看不出来的。来，你骑上马，我们找个能睡的地方睡，不能再在野外睡了。

喜乐说：我不要它了。

我说：它毕竟是一个畜生。我那脚可能踹重了，是我不好，没想踹出去那么远。你只要没事就好。小扁它好歹也带你跑了那么远了，我惩罚它，再踹它一脚。

喜乐说：你不能再踹了，再踹它就先去长安了。

我说：也好，这说明这马还是可以跑的，我看看，你走动走动。

我扶着喜乐站起来，喜乐走了两步，说：没什么事情，就是和衣服碰到的地方痛。

我仔细看看伤口说：这样，要用水冲一下。

喜乐说：没事的。

我说：一定要冲的，你把那瓶从万永那儿偷的——不是，是拿的那瓶什么水拿出来，我给你洗洗伤口，应该很管用。

喜乐一下搂紧行囊说：不行。

我说：这都什么时候了你还财迷。

喜乐说：不行，万一你中毒了这药水还可以用，用剩下还可以卖，卖了银子就可以把我们的灵赎回来，还富余很多银子，我们就可以在逐城或者长安或者哪儿买一块地，盖一间房子。这样就不用睡在树下面让雷劈到了。

我说：那你的伤口怎么办？

喜乐说：没有关系的，不是利器伤的。到了长安再说。

我说：行，那你坐上小扁，我们现在就走。

说完，只听到不远处马蹄纷乱，我说：他们可能还是看出破绽了。我还以为几句话摆平了呢，害你摔那样，我灭了他们。

喜乐说：到底怎么了？

说完人马已经到眼前。带头的下马就是一个鞠躬，说：两位英雄，在下刚才说了一些冒犯吾皇的话，实属无意，实在是喝多了，你千万不要说出去啊。

我说：放心，我知你是无心，我也不是那种搬弄是非的人。

他说：好，我一看就知道你是有气度的人，以后到逐城就找我，你的哪个兄弟什么的被抓进去了尽管跟我说，我把他们都放了。

我说：好，没你的事了。

带头的告辞过便又带着人马匆匆离开。马蹄远去后大地恢复死静。我把喜乐扶上马，牵着小扁慢慢走。

喜乐说：那个人说的话是什么意思啊？

我说：慢慢跟你说。

一夜无事，喜乐悄悄在马背上睡着。白天稍作歇息，吃了点东西，又赶了一天路，星夜不停，在第二天感觉夜色最深的时候我们到了一片墓地。

我说：喜乐，长安就要到了，这一片墓地一看就知道是大地方，往前不远，就能到了。

喜乐说：这里怎么这么多雾气？

我说：不知道，我记得师父说过，这样的地方阴气总是很重，况且现在又是一天里阳气最弱的时候。

喜乐说：你能不能看到什么？

我说：完全不能。

喜乐说：灵魂呢？

我说：那恐怕只有灵魂能看见。

喜乐问：死掉是什么概念啊？

我说：就是不动了不想了。

喜乐说：死和活是不是矛盾的啊？

我说：不知道，有所联系。

喜乐说：可是两个不能共存的东西能有什么联系呢？

我说：只是说说。你不要和师父一样，有些东西的深究只是一场残念。

喜乐说：我有时候想，我没有什么亲人，你如果不在了，我就应该死掉了。

我说：胡说八道。我觉得你是很坚强的人，坚强的人是活得最长的。

喜乐说：那你说死掉的人怎么办？

我说：我想，他们还是自己所想，并不知道一切，依附到一个新的生命上。

喜乐说：听不明白啊。

我说：就是说，你现在觉得全世界你就知道你一个人的想法，你死掉以后，还会有一个你，就知道你自己一个人的想法，只是一切都和上一次不一样了，而上一次和你一点关系都没有。

喜乐说：那这是转世吗？

我说：不能那么说。因为是重新的一次。上一回你唯一所知道你自己所发生过的一切事情，再如何已经去了。

喜乐说：真是的。

往前再行几十里，赫然出现威严城门。长安终于到了。这个繁华国都。

5

在我小时候的记忆里，长安是一个很久远的地方。这虽是第二次，但第一次着实匆忙，而且心情也完全不一样，几乎没感到任何东西，甚至没觉得它大。不过我一直觉得这名字着实很好听，倘若我是君主，我也选择叫这个名字的地方为国都。我都已经忘记确切在外的时间，所幸我在寺庙里并没有什么样的思想，对于我佛也并不那么崇敬，仿佛一切都是无所谓。关键的错在师父，他太放纵我，我只是占了一个很好的法号。得到同样待遇的是我的师兄。我和他只是被剃秃而已，其他一切都向浪子方向发展。所以我对师父还是很感激，而所谓报效少林或者其他类似的完全是属于报效师父。

而长安，就是遥远的地方，因我小时候一直弄不明白那一帮子人到底在干什么。无论国事如何要怎么放松，我只是设身处地地想，一个男人，身边有上百个姿色万千的女子，那他还能干什么，怎么想都是什么都干不了，除了干。

这便是一国之主，并且找了一个有势力的异族老大的一堆女儿中长得能看的一个封为正宫，一年见不了一晚上，那人可能因为相对纯洁，难得房事，所以被称为一国之母，并且母仪天下，意思就是给天下所有的人看，大老婆就是没小老婆得宠。我做个表率，就不要争什么了，也争不过人家，暗中使坏就可以了。

而长安的闻名在于声色繁华，街上看见出来工作的女子不是卖菜的就是卖身的。并不是卖菜的高尚，是因为有些女人搁在一起，你就能觉得有些只能去卖菜。据说，长安有大大小小声色场所将近三百处之多，这是国家鼎盛的象征，难怪皇帝最近微服私访的距离也越来越近。

我和喜乐刚刚进城门就被震惊，喜乐说：这比逐城大多了。

我说：是啊，你看那楼，这要在逐城就是最大的酒楼了。

我走近一看，发现只是城关处，就是办一些出城进城手续的地方。小扁是从少林寺脚下小集镇上带来的马，从没有见过世面，看到这等景物，自然迈不动步。我又想从后面给一脚，后来觉得那是乡下人的作风，应该手里拿着扇子，将缰绳轻甩身后，然后自己知道多辛苦地拽着它走。

喜乐说：哇！你看，好大啊，走了半天还看不见那边的城门呢。

我说：你想想你要去哪里。

喜乐说：万永大哥说过，长安城里有很多他的生意，还有客栈，我们可以找找。

我说：麻烦别人不是很好。我们手里不是有不少钱吗？

喜乐说：那是说说而已，就是不能套现啊，你走街上，我告诉你有一瓶可以解百毒的水，你买不买？一万两。

我说：不买。

喜乐说：是啊，连你个没见过世面的都不买，那还能有人要吗？

我说：那留着吧，大不了我去干点杂活儿。

喜乐忙说：不要，这世界上你我最大，不要能管着我们的。

我说：那你说要干什么！

喜乐说：先找个地方住下，然后吃点东西，然后看看，然后给你弄一下头发。你的衣服也不好，我要把你打扮得像个杀手。

我问：为什么？

喜乐说：杀手的衣服都好看。

我说：那无灵过来肯定会把你勾走。

喜乐说：不会，你不明白的，但是我会把无灵扒了。

我问：为什么？

喜乐说：他的衣服一定好看，而且还不用花钱。你看像他那样多好，就消失了，一定过得很开心。

我说：他名声大，所以你觉得消失了。我们没名声，到处乱蹦人都觉得没出现过。

喜乐说：那不一定，你看路上多少人要杀我们。酒馆里那两个人你忘记了，还害我从马上掉下来。

我彻底忘了要给喜乐看病，忙问：你身上伤口如何？

喜乐说：我觉得没什么事了。我们就不去跌打药铺了，谁知道要在这里待多久，省一点是一点啊。

我说：不行，要去的。万一化脓感染，我怎么交代。

喜乐问：你向谁交代？

我说：你也没爹妈，实在没人交代。

喜乐说：不说这个了，你要找的人呢？

我问：什么人？

喜乐说：那个能知道一切事情的人啊。

我说：哦，我给忘了。明天找吧。

喜乐说：你就没有感觉到师父好像给了你很大任务？

我摇摇头。

喜乐说：你没感觉到事情的紧迫？

我摇摇头。

喜乐说：那好吧，我们先住下来。这儿真大。这里该不会有黑店吧？

我说：不可能，你看我们住的荒僻的那几家，都没什么事情，放心，有我在，谁都吃不了我俩。

喜乐说：我不是怕那个，我怕我们瞎吃吃到别人。你又什么都吃，一点不像和尚。你以前还吃素，现在已经多久没吃过青菜了你说。

我说：放心。你看看，这里是大城市。

说完，就感觉一只手伸进我的衣兜，我看见一个十多岁的孩子从里面神不知鬼不觉地掏出一些碎钱，然后擦身而过。我一把抓住他把他拎到面前，劝诫他说：你不能这样的，小子。

那小子顿时面无血色，当场跪下说：师父，我真有眼不识泰山，不小心偷到自己人头上了。

我说：什么意思？

小子说：我在我那组里手脚是最快的，你手脚比我还快，你一定是我师父。

我说：胡说。我是好人。

小子说：我也是好人啊，我又不当官，自食其力，怎么不是好人了？

我说：也是。不过偷抢始终不对，我把你送官吧。

小子说：不要不要，我多少年来从没有失手过，传出去以后当不了帮主了。

我说：你们偷东西的也有帮啊。

小子说：是啊，我们这帮小，就十几个人。这不天下太太平了吗，人人都起帮。上回少林和武当两大派决斗来着，我也去看了，那个叫精彩啊，俩人动都没动，一个的内力就把另外一个给震下来了，这内力真是厉害啊，练过的人就是不一样啊，都说要练两百多年才能练出来，武当那人就是啊，听说练了四百年，突然就返老还童，那时候这个啊就有内力了。少林那个不行，据说是两百年练来的，内力差点，我当时正在下面啊，就觉得身体都震了一下，整个人都像要给吸过去了。幸亏我抓着前面杀猪的王胖子啊。我也偷偷和兄弟练来着，你说俩人根本挨不着，手脚没动一下，怎么着就把人给掀下来了呢，我就和我兄弟憋着，看看能不能憋出内力来，结果去你妈的，就憋出了一个屁。

我听得目瞪口呆。

小子继续说：那次我那个气啊，我想得拜武当的那个做师父，要练内力啊，有了内力好啊，看见哪个姑娘好就把她吸过来。少林真是不服输啊，不过这招儿太损了，不让人下屋，我就天天在怡春阁门前看，看得脖子都歪了，想那人差不多要用内力了。一直没用，上回用太多了，发不出内力了。结果一天那人没了，我以为他使出轻功走了，没想到一打听，我的天，给饿死了。

喜乐也目瞪口呆。

小子继续说：别提了，我这心里啊真不好受，人家练了四百多年，真不容易，怎么就给饿死了啊。不过那次长安热闹啊，我光比武那天就偷了三百多两银子。人人都仰着脑袋啊，想不偷都难。那两天这些有钱人给难受的啊，怡春阁封了啊，全长安最好的青楼啊。我是从来不去。我还暗自高兴呢，天下这两大帮一挑，那就乱了，到时候我趁乱偷，能比现在多赚不少。结果等啊等啊，天下还那么太平，真是白等了。

我半晌说：还是把你送官吧。

那小子又跪下了，说：师父，我们好歹是一条船上的，你不能把我往火坑里推啊。

喜乐说：算了，送了出来还是偷，何必呢。

我说：好，我放你走。

那小子说：实在是——这样，我对长安，再熟不过，两位一看就像是初来乍到，这样，你们有什么尽管问我，我能安排的就全给你们安排了。

我说：那正好。我问你，长安城里有没有一个什么都知道但谁都没见过的人?

那人想都没想，脱口而出：没有。

我说：那好，有没有几个传奇的人?

那小子说：说起传奇的人，真是有不少。东城，我刚跟你说的杀猪的王胖子，人称快刀王啊，最多一天杀了四百多头猪，大家都说能进史书。后来隔壁谢胖子不服气，一口气杀了五百多头，王胖子哪能咽下这口气啊，可是又找不到那么多猪杀，就从外地调了一千多头，一口气全给杀了。那两天猪肉的价钱那个便宜啊，两个蛋钱就买半头猪啊。

他想了想，继续说：还有西面有一口井，那井也是个传奇啊……

看他那么高兴投入，我和喜乐实在不忍心打断。终于在一个时辰后听到一条我和喜乐感兴趣的——有一老头儿，什么名字都没有，专门做兵器，有一个铺子，活了不知道多长了，做的兵器天下有名啊，一把叫灵的剑就是他做的，他那铺子传奇啊，白天从来没有人，晚上只听见敲打声，也从来没看见过人。大家都说，这不是人啊。

我说：带我过去。

小偷带着我们穿过了繁华的长安，来到一个街拐角的打铁铺旁。我和喜乐走进铺子，里面一个人都没有，门是虚掩的。我转身问带我们来的那小子，结果发现他已经不见了，由此可见，人人都惧怕这个地方。你想，倘若一个地方，你天天晚上能听见敲打声，可就是不见人，而且还是繁华地段的一个拐角，那的确让人毛骨悚然。

我仔细抚摩那些打造的兵器，做工绝世，天下难寻。我召唤了半天，没有人应答。喜乐说，那好办，她拿起一样看着最贵的我都叫不出名字的兵器拽着我就往外走。果然没走出几步，墙上有一扇暗门打开了。暗门里缓缓走出一个老头儿。

老头儿说：你们来了。

我说：你真的知道一切事情，知道我们来？

老头儿说：我不知道。但是我打过一把剑，你们摸过，我能感觉到。

我说：哦，我摸过的剑不少。请问你打的是哪把？

老头儿说：打的那把本来叫剑王，结果后来改名字了。

我说：剑王我真没听过，改成什么了？

老头儿说：后来据说叫个单字，不是叫“灵”，就是叫“行”，我记不清楚了。

我和喜乐大吃一惊，都觉得这就是师父说的要找的人。

我说：对，那剑我的确握过，现在也是我的。

老头儿说：哈哈，那剑的主人我倒是挺熟。

我说：你是说无灵。

老头儿大笑，说：什么无不无的，那是你们起的名字，他叫杨正刚。

我和喜乐相对大笑，说：不是的，这名字太普通了。

老头儿说：我还没名字呢，就叫老头儿。

我问：那怎么大家都叫他无灵？

老头儿说：可能是因为大家觉得杨正刚不像一个杀手的名字吧。

我问：那这人现在在什么地方？

老头儿说：不急不急，慢慢说。你们能拿到这把剑，也不是普通人，说吧，为什么来找我？

我说：哦，没什么，因为久仰您，又有传说，来看看，来看看。

老头儿说：我有什么传说？

我说：你只在晚上打兵器。

老头儿说：我眼睛不好，怕见光啊。

我说：但别人说只听见你打兵器的声音，从没看见过你人。

老头儿说：自然的，你看我刚才是从暗门里出来的，我平时都在里面打，别人怎么能看见呢，哈哈。

喜乐说：老爷爷，你肯定说笑了，那你这兵器随便挂在外面，却从来没有人来买，兵器又那么好，肯定有典故。

老头儿说：不是，是我的兵器卖得太贵了。

我说：你肯定又说笑了。我看你那么高深——

老头儿大笑，说：我高深什么啊，我特别喜欢玩，要不是眼睛不太好，早去外面了。几年前我还去和少林玩呢，我说一个小毛孩子抄袭我东西，结果还给判输了。要把我示众啊，我一看不好玩，就跑了。

我和喜乐双双惊呼：那人原来是你。

老头儿惊呼：那人原来是你。

我和喜乐连忙摆手，说：那人不是我，那人不是我，那人是我的师兄，那时候他特别喜欢自己做东西，不懂事，前辈不要放在心上。

老头儿说：我怎么会放在心上，凡事放在心上，我还能活这么长时间吗？

我说：是是，说起来，我也有很长时间没有见到师兄了，不过那件事情让师父很生气，说冒犯了你。还好你武艺高，示众那天唤来风沙，然后就不见了。

老头儿说：我哪里是武艺高啊，我只是做了很多年兵器，你们那些手镣脚镣，都是我改进的，我来的时候就准备了什么都能开的钥匙，正琢磨着怎么开呢，突然沙尘暴来了，我就溜了。

我说：前辈你说笑了。

老头儿指着喜乐说：这是你的姑娘啊？

我说：是，我们一道来的。

老头儿说：你不是寺里来的吗？

我说：这事情说起来太复杂。这样，我们找个地方一起坐着说。

老头儿说：等天黑，等天黑。来，我给你试个兵器。

我说：我没带太多钱。

老头儿大笑说：傻孩子，我卖那么贵不是因为不想卖，而是看你能不能使。

说着，老头儿拿出一个长相奇特的家伙，交到我手里。

我说：这个……前辈，我师父没教我使兵器。

老头儿说：啊？那你拿着灵是劈柴用吗？

我看看喜乐，怕她脱口而出说的确是准备要劈柴用。

老头儿说：不过灵没什么的，你看。

说着拉开一个柜子。

足足二十多把灵。

老头儿说：你看，其实都一样。你要，我可以送你十把。

喜乐说：太好了，不用花银子把剑赎回来了。

老头儿大吃一惊：怎么，你们把剑给当了吗？

我忙说：没没没，不是真的当了。是这一路，背着灵，追杀我们的人太多，就寄存在一个当铺了，反正没人能想到天下争夺的一把剑会给留在当铺里。

我差点接着说：不过看今天这情形，好像是不用赎回来了。

老头儿说：有好多好多，我做了好多好多东西，就是不想给别人用。灵你用着觉得怎么样啊？

我说：很好，很快。大家都抢着要。

老头儿说：来，你比划几下我给你的这个。

我说：前辈，实在是不好意思。我真不会，不过你的剑都伤不了我。

老头儿说：真的？哦，你练的是铜人大法，哈哈，没关系，如果你练了铜人大法，普通剑可能是不行，不过我的行，砍平常人可能像切豆腐一样，你练过，有点区别，就像砍老豆腐一样啊。

我说：不是。

老头儿说：什么不是，来，我把你绑起来，你敢不敢试试？

我说：我不是这意思。我有其他一点雕虫小技。

老头儿说：说来。

我说：我会接暗器。

老头儿说：你怎么把自己说得像街上卖艺的小动物一样，哦，你会接暗器，那你能不能钻火圈啊？

我说：不是这意思。我们可以比比。

老头儿说：年轻人就是年轻人，没说几句就要比。

我说：要不然我实在说不清楚。

老头儿说：那这样吧，我怕伤到你，我用木头做的吧，你真为难我，我这一把年纪了。

老头儿从屋里慢慢悠悠拿出一把木头做的剑，我偷偷看一眼，发现这剑可能要比坊间铁打的还要锋利。剑的锋利与否有时候不在于它的材质，在于它是否整。而这把木头的剑太整了。

喜乐好像对于我要和人打起来这样的事情从来不关心，可能因为从来我就没有失败过。哦，失败过一次，那次和万永打的时候，被他的阴招给损了。不过尽管如此，喜乐还是自顾自得到了一瓶号称价值连城的解毒药水。莫非喜乐想，这次比武我能得到这屋里所有的兵器？然后喜乐肯定把它们全贱卖了，换一间房子。

老头儿缓缓举起剑，说：开始了。不过老头儿似乎没有用全力，剑速和街上混的偷偷、佩着刀乱走的野武林差不多。我都无须形容，轻轻就躲避过去。

老头儿叫道：哇，砍不到你啊。

我说：你要用全力，你没用全力，我感觉到了。

老头儿说：好，用全力。

说完，老头儿也没有用任何的招式，一剑劈下来。我只看见一道白光，那是我生平第一次没有看见兵器的实体，虽然竭力躲过，但衣服还是被刮破了。

喜乐说：好，幸好还没有给你买新衣服。

我看着老头儿，老头儿似乎都没有睁开眼睛，紧接着就是一套不知名的招式，速度极快，而且剑式极密，倘若近身，根本没有办法躲。两人打斗，最好看的其实就是近身躲剑，那是真本事，尤其是一通瞎打。现在想来，有招式的剑法着实十分愚昧，尤其两人对决时候，你有你的招式，我也有克你的招式，一个按照招式在那里挥剑，一个按照书上写的在那里躲剑，这只能说，这俩人有毛病。你想，倘若我老砍不到一人，那多难受。而且我完全无法想象，当我死活砍不到他的时候，我本来要砍脑袋的，换个地方砍一刀，不就中了吗。所以我完全不能理解招式的作用。而老头儿用的招式，或者说不是招式，是他出剑的方法，让我除了往后面退以外没有别的办法。

老头儿“嘿嘿”笑两声，停下了手。

喜乐说：你怎么老后退啊？

我轻轻说：你看，人家那么老了也不容易，我要让让他嘛。

喜乐说：对，你真善良。

我吁了一口气，对老头儿说：来吧。

老头儿说：这次换扇。

他说着从房间里拿出扇子：接我一个。说完就一掌将扇推出。我能看到，可是速度太快，没有办法让身体做出反应。我想，这次完了，虽没有一世英明，也不在乎那个，但始终不能死在一把扇下。这让喜乐如何看待我啊。

我侧过身，但时间肯定不够。忽然间，扇打开了，速度一下子减慢不少，我得以抓住扇柄。

老头儿说：哈哈，怎么样啊，吓你一跳吧。

我说：没事情，再来。

老头儿说：不来了，不来了，我已经知道你是谁了。

我问：你还知道什么事情？

老头儿说：知道，都知道，我活了快一百年了，还有什么事情不知道。

老头儿带领我进入房间，展示给我看他一个世纪的作品。老头儿说：我可没练过什么，我天天做这些，手脚也做利索了。

我说：我们可以找个地方坐下慢慢聊。

老头儿说：好。

我们就近找了一个酒楼，喜乐要了些菜。老头儿说：你肯定是那家伙。

我说：我是哪个家伙？

老头儿说：有这么一个传说，到底是每几百年来着，我忘了，就会出一个人，这个人能看到常人看不到的东西，能看清快速移动的物体，甚至能看穿人的内心。

我说：对。

老头儿说：那是上半部分，下半部分是说，这个人，很厉害，但是，能导致混乱。谁要把他杀了，谁就能得到天下。

我和喜乐同时都张大嘴巴。

老头儿说：传说，你信不信？

我说：我——

老头儿说：你看，传说灵能号令天下，那我有二十多个，都没法说了。一个傻子，拿着一把剑，号令谁去啊。

我和喜乐同声说：对。

老头儿接着说：你看，都把杨正刚说得跟什么似的，事实呢，你知道？你知道？你们都不知道，我知道，哈哈，不是个传说嘛。

我和喜乐更加坚定地点头。

老头儿说：可是啊，可是，传说是传说，就几个被传说的人知道事情的真相啊。大家怎么能知道，而且人做事情的时候都往往要往传说的方向发展。

我点点头。

老头儿说：上次比武，到现在还那么安静。不见得。有仇就得报，菩萨都那样，只是方法不一样而已，总之事情谁都想做到自己心里很爽。

我说：不过武当那里好像是没有什么动静。他们的实力本来就不能和少林抗衡的。

老头儿说：你以为呢？

喜乐说：武当他们也不敢。我们上回居然把他们武功最好的刘云给饿死了。

老头儿说：武当前几天来了人，从我这里买了五百样兵器。我没那么多，就卖给他们一百样。都卖了好价钱啊。估计是要报仇。

我说：前辈，这样做合适吗？

老头儿说：你看，归根结底我只是一个做生意的。

我说：那你也不能卖给坏人东西，助纣为虐。

老头儿笑说：好人坏人不是那么容易分的。人人都不想做坏人，对吧？

我说：差不多。

老头儿说：倘若真是那样，那武当岂不是一个人都没有了。你们少林也没有好到哪里去，只是两个帮派而已，人多点，我管不了那么多，况且这些剑也帮不了什么。

我说：那少林不会有什么事情吧？

老头儿说：当然会有事情。你师父才先知，他把你支到长安来。你应该回去看看。

我说：行，我们这就动身。

老头儿说：不急不急，不迟这一刻，吃完东西，然后跟我来。

我说：我实在吃不下了，我师父、方丈、师兄都在那儿。

老头儿说：那行，就不吃了，你跟我来，我给你一个东西，保证管用。

我们回到老头儿的屋里。老头儿给我一把剑，说：上回对你说，送你那个东西，可是我觉得也不是很合适，因为没法放，这样，这剑呢，没名字，但有灵性。它很钝，但见血一次快一点，我知道也有人这样说杨正刚用的那把剑，但那是假的。这是真的，材质很特别，而且最厉害的不是剑是鞘。你看，上面有一个很小的荷花图案，你按这里，从剑鞘的顶端就会射出暗器，那根针才是最最珍贵的，五十步内可以穿透皇宫大殿里的柱子。你不要自己试，我发誓你根本就看不到它。给杨正刚的那把剑也有这个功能，速度和力度分别是这个的三成。杨正刚以前也老用这个，所以人老说他出手快，没什么动作那边人就已经倒下了。原来他的武功不错，可后来，他也懒了，只用暗器，我就麻烦了，老得给他重新装，真是的。我说：正刚，你有的时候就用用剑嘛，剑也很不错的，尤其是剑气，是当下最锋利的。好了，以后再讲这家伙的故事吧，你们还是早点去吧，我看你们的心也已经不在这里了。记住，剑要见血，暗器只能用一次。还有，思考的时候要学会不要想前提，不要看条件，只去想结果。

我和喜乐都愣在原地。因为我们猜测过无数关于无灵——杨正刚的事情，结果居然是这样。我谢过老人家。

我和喜乐归心似箭。小扁好像也懂事很多，学会慢跑了。没跑出去几步，老头儿又在后面喊：等等。

我和喜乐掉马过去。老头儿掏出一个袋子，说：路上用。还有，看到打不过的，就跑，记住，差太远的，精神是起不了什么作用的。

我和喜乐再谢过，起身便走。

长安一路繁华，不过只留片刻。很快就出了城门，但似乎出了什么大事情，因为官兵特别多。

我说：不会真出事了吧？

喜乐说：不会吧，我们寺里那么多人，天天习武，好多师兄也是武艺高强，区区武当能如何。

我说：希望是这样。

一路加急。两天后终于到了逐城。不作停顿，直赶少林。

我觉得越走越不对劲儿，好像发生了什么大事情。喜乐一路上不断地安慰说没有事。我想其实最难受的莫过喜乐，因为我知道她故意做出相反姿态，必然更加难受。我想，我生活了十多年的地方肯定没有了。越想越不敢想，更没敢告诉喜乐。喜乐也不说话，肯定乐观不了，一路上只有小扁在欢快地哼哼。

其实自从上次那场比武以后，大家都觉得天下即将陷入混乱，其实混乱不混乱，老百姓是看不出来的，只要朝廷不混乱。混乱是那些朝思暮想着天下大乱我是英雄的人造成的。他们假装行走江湖，并且装出今天我出门就没有打算活着回来的模样，但是他们还每天都活着回来，这真是社会的不幸。

十年前，长安就禁止老百姓佩带刀械；违者立即送官，一般都得关五年，所以大的刀械基本上没人带了，那些行走江湖的人士只能揣着小的。可是小的着实很不爽，而且完全显示不出大侠的豪气，每次出门都没有视死如归的感觉，总觉得自己是出去削苹果了，所以大家意见很大。五年前一个叫金牛派的，实在感觉憋气，觉得再不能揣着苹果刀满街走了，再走下去就成苹果派了，于是想推翻这个法律。本来研究是冲进皇宫把皇帝摁了然后就改国号，后来看看手下也就上百号人，拿着大刀冲出去肯定还没到皇宫就全都得关五年了。研究半天觉得还是小不忍则乱大谋，国号就暂时不改了，但大刀一定要带上街，一来自己爽，二来也算在其他众多帮派中长了大脸。一帮笨汉想了半天，终于想出锦囊妙计，就是制造混乱，让老百姓纷纷呼吁，一定要带刀械上街，否则不安全。民声多了，说不定，朝廷就予以考虑了。

于是金牛派付诸行动，明着抢劫暗着捅人屁股一刀拐孩子强奸良家女子强行砸市各种坏事都做了不少，可结果是差不多全都以除私自佩带刀械以外的其他罪名给抓进去了，处死了十个，其他最少要关十五年。

那次武当和少林的大决斗以后，大家都觉得天下要大乱了。首先，其实是武当赢了少林，算是江湖中的盟主，可是最后刘云被饿死了，这不知道怎么算，而且两家本来就有很多恩怨，老百姓因为要去烧香拜佛，正好全在少林寺里，所以都觉得少林是好人，加上少林看上去的确不像武当金牛那么鲁莽，好歹都好像读过几年书。其实武当的当家一直觉得自己社会形象很好，还做了不少善事，帮着修建这个那个，可是大家老觉得这些道士不好，但半天也说不出到底不好在什么地方，着实让武当的人憋气。

作为朝廷，虽然一直很支持少林，但也不希望少林独大。虽然一帮成天诵经的和尚实在看不出有能起义的气色，但是无论如何，任何团体的独大都是不好的，所以暗中也帮了武当不少。就好比我小时候那场大饥荒，金牛派的本来有两百多号人，结果在那场饥荒里差不多饿死了一半，而全武当一个人都没饿死，肯定是朝廷暗中送粮。

虽说这样，大家还是不能自得其乐，尤其是武当。武当明着暗着挑衅也无所谓，只要没有实质动作。但那次比武刘云死掉以后，武当就一直没有任何动作，连挑衅都没有了，这让少林十分担忧。卧底派了不少，没查出一点动静。方丈嫌他们笨，从小事情里看不出大事情，连点蛛丝马迹都没发现，恨不能亲自卧底，只可惜太老，而且那长相就是一副方丈样，实在不能想象他还能干什么。

这次听那老头儿说，我怕我担心的事情终于发生。

日夜兼程，终于到了山脚下，可是山路已经被官兵封锁。我知道肯定出大事了，于是上前展示了法号。官兵说他们没有放人进去的权力，说不管是谁都不能进去，要通知上头。我说：好，那你赶紧通知上头。

那小兵马上叫来一个跑腿的，说：通知头儿，说这有一个少林高级弟子，要进去看看。放不放?

跑腿的马上就跑了。我问那小兵：出什么事了?

小兵说：我们都没能上去看，估计是出大事了。

我说：人都没事吧?看见有人抬下来没有?

小兵说：没，你们少林武功都那么好，又会轻功，一踏就飞起来了，两步就跳到长安了，怕什么?

我说：好。那什么时候能进去看看?

小兵说：等头儿批下来。

我说：好。你们的头儿在哪儿?

小兵说：长安。

我和喜乐忙摇头，说：这不行，这不行，太远了。

小兵说：不远不远，来回一天，我们配的是西域来的新马。

我说：那也太远，我师父师兄都在上面，我在里头管大事，怎么能不让我上去。

小兵说：没事的，上头这样吩咐了，我也没办法，我拖家带口的，一家人就指望我的俸禄吃饭呢，放你进去我就没的干了。你们还不如到镇上的哪个地方稍作休息，我保证，人没事，这不，一个都没见着往下抬呢。

我和喜乐宽心不少，决定去镇上看看。

到了镇上，似乎冷清很多，大部分的商铺都关门了。喜乐说：我们不如去那当铺看看，让它再宽几天，不过要回来也可以，我们有点钱，加上那老爷爷给的——对了，那老爷爷给了多少钱我都没看。啊，不少呢，挺沉的，都没顾上看一眼，一路走得提心吊胆的，真累。

喜乐掂了掂，说：怎么的都有二十两。打开一看，她大吃一惊，叫道：哇，是黄金啊，一两黄金等于多少银子啊。

我脑子里还在想山上的事，顺口说：不知道。

喜乐掏了掏，有新发现，看了一眼，又叫了出来：哇，银票啊，还有监银签过字的。二千两啊，我们有房子喽。

我说：不可能吧。

喜乐把银票在我眼前一亮，说：你看。然后拉着我就往当铺走。

我们路过一个客栈，一路劳顿，不得不休息，我和喜乐决定进去小睡，养好精神。

即刻入睡，到天色微黑，我们从客栈出发去往当铺。

到了当铺我们发现，它已经被洗劫了，里面什么东西都没有了，只有老板和那画画的在那里不知所措。

喜乐忙问：我们的东西呢?

老板挠头说：都没了都没了，什么都没了。

喜乐问：连那画也没有了吗?

老板摇摇头，不言语。

喜乐说：赔我们。

老板哭道：我什么都赔进去了，客人要东西我都没有，银两也都给抢了，我拿什么赔啊?

喜乐说：好，那至少赔我们一幅画。

老板说：好，你也是通情达理的人。可那帮人呢!

我问：你的店怎么了?

老板说：武当来报复少林，顺便把我店给抢了。

我说：什么，武当？武当的势力怎么能和少林抗衡？

老板说：是啊，可能是武当来报复我，顺便把少林给抢了。

我说：情况怎么样，是不是武当连寺门都没进去啊？

老板说：不知道，你没看官兵都把守着上寺庙的路啊。不过人心惶惶，听说情况不好，寺里好像被满门屠了。

我和喜乐同时惊讶道：怎么可能？

老板说：大家都这么说。武当那天去了多少人就下山了多少人，剑上都是血。

我和喜乐听完马上冲了出去。到了山脚，依然被官兵拦住。

我说：让我进去看看。

官兵说：哦，我们去请示了，你看，刚回来，说，要带上你的法号牌再请示一趟。

我刚要发作，喜乐拉着我直往山上跑。

官兵追来，我停下大喊：我是这里武功最高的弟子，你们谁敢过来，我杀了谁来喂我的宝剑。

说完，我试图抽出剑，可那剑太钝了，抽了半天抽不出来，感觉都已经锈在里头了。但是我持剑欲抽的模样震撼了大家，官兵居然都停步了。

我和喜乐大步上山，一路越走心越紧，还似乎闻到了空气里鲜血的味道。

到了寺前，我和喜乐不由怔住，因为寺门已经不在，被炸开一个大洞。

我们跨进洞里，顿时觉得不能呼吸，里面全是少林弟子的尸体，整整几千人，看样子一个都没留下。

我心中已经茫然得没有想法，把剑丢在地上，在茫茫尸体中寻找师父和方丈，方丈可以确定不在里面，可能是被俘走，因方丈毕竟衣着鲜艳，一眼就能看出来。师父和师兄就难找了。我一具一具地找，所有死者都面目全非，理应是先被毒死然后遭到毁尸，而且一些已经开始微腐，一翻动嘴角就流出黑色的血液。

我回想，师父是一个很大程度上说话故弄玄虚的人，否则也当不了师父。不管他对别人如何，他始终对我很好，一切都是为我能变得更强壮和快速，他经常给我开小灶，似乎也从来不把我当作少林的人，我甚至可以不用天天诵经。师父说：你心中不信，行而无行。导致以后我有什么不喜欢的事情就假装不信。但有些事情是不能分相信和不相信的，因它是一件具体的事，比如扫地。师父说我是特殊的，并说，如果在危难时候，我的力量可以保全少林，那就要念到旧情。而肯定的是，我是不能信佛的，可能是传说中又有什么添油加醋的东西。少林和佛教，虽然是不可分开的，但是始终他们不是一个名字，既然是两个叫法，所以，无论如何，我是从少林出去的。从小师父就告诉我一些道理，导致我觉得，道理这个东西，其实是没有道理的，任何一句话都是道理，如果你一味要道理的话。我只能回想师父以前说过的话，很多恐怕连他自己都记不清了。而他的相貌一直很和蔼，似乎要做少林里德高望重的人首先要长相和蔼，倘若小时候就面目狰狞，无论有一颗多么善良的心，加入少林也没法做长老。可能就是因为这个原因，面目不和蔼的都去了别的帮派。而少林之所以能延续几朝，可能和大家都面目太和蔼了有关系，试问有多少人心狠手辣到可以向自己的爷爷动手？而师父着实很奇怪，他在我心中的印象永远介于爷爷和爸爸之间。真不知道那是什么。

而师兄释空，几乎从小就和我待遇相同。有传说他是太子，只是他妈老受到皇后迫害，所以把他偷偷送出来养。等养大了，再送回去，看时机成熟，还能做成皇帝。我想，这是不可能的，可能只是师父为了说明我们为什么有点特殊编造的一个借口，让广大弟子服气而已。

师兄为人很奇怪，我一直觉得他该有什么特殊的能力，可事实是直到我走的时候还没有被发现。而师兄一直热衷于做家工作，但似乎除了那钩子以外没有什么成果，可他似乎始终乐此不疲。他也是一个给我很怪印象的人，因我们的特殊地位，所以一直在一起玩耍。可是我始终觉得他只是很亲密的玩耍伙伴，不能对他推心置腹，这很奇怪，尤其是在喜乐来了以后。

而如今，他们都已不在人世间。我想，如果是师父，他可能对这件事情释怀，没有什么特别大的不同，只是互相再不能见面而已。而我估计至少得忧伤一阵子，同时我想，幸亏喜乐还在。

我翻看了上千具尸体，都没有找到师父和师兄，我希望他们是被俘虏了。可平日他们都穿着和大家一样的衣服，完全无法在中毒死去的时候分辨出来。而且在寺里，大家又都不戴法号牌。

喜乐在一边哭完，站起来翻翻尸体，继续哭。

而我也已经近乎绝望，害怕真发现其中某人的尸体，这真是一种近乎摧残的感受。我发现自己已经不能继续，一方面天色已经完全黑了，他们的脸几乎都已经破坏，完全不能知道谁是谁；另一方面我和喜乐都不想待着，因随着夜色的深浓，我感觉周围包裹着特别强烈几乎让空气变得稠密的怨气，就像飘忽着很多以往的和不愿离开的东西，有数百双眼睛在看着，在不同房间里似乎还是有人在做和以往同样的事情，只是可能在做最后一次。虽然他们都信佛，但是如此不明不白地从人世间死掉，还是让人觉得难以接受。

我和喜乐相扶下山，喜乐打破了沉默：我害怕。

我说：没什么的，只是在其他世界中。

喜乐说：我总觉得有人一直跟着我们。

顿时我被喜乐说得害怕起来。

我说：没事，是以前都认识的人，来送我们，可能让我们去报仇之类。

喜乐说：你不是说都去其他世界了吗?

我说：要有一个过渡的时间。现在微微有些重叠，他们就在那边上。过两天超度一下就好。

喜乐说：谁来超度他们?

我说：也是，可能得等上一段时日，其他大寺会来人暂时接管这里。

喜乐说：我觉得暂时不会，他们可能都害怕了。

我问：害怕什么?

喜乐说：害怕其他帮派。

我说：不会吧，这仇怎么都要报，但不能直接去砍杀人家。这下至少一百年里和睦不了了。

喜乐说：师父他们……

我说：放心，我想应该没事。你看，方丈都没事。师父一向很早知道一些事情，要不然也不会把我们支开。如果师父没事，师兄就应该没事。你仔细数过没，好像缺几具尸体。

喜乐说：我怕你难过，一直不敢提。那就不提了。

我说：好。现在即刻去长安吧。我想那老头儿该知道不少事情。

我们和马很快过了逐城，继续前行。去长安的要道上还有一个小集镇，叫过沙，过沙是风沙经过的一个坐标，小镇以南，很少风沙，小镇以北，则是真正大漠的雏形。过沙规模很小，但有一个有名的酒楼，生意兴隆，因为由西和由南到长安去必须要经过这里。酒楼就在要道的一旁，我和喜乐根本无意停留，但是发现里面灯火通明，吆喝声音不断，和一路的紧张气氛以及到处的官兵形成了明显的对比。我走近一看，发现里面的人物看上去都很江湖，不由得心生好奇，想上去看个究竟。我把喜乐和小扁安排在原地等候，径直就走上酒楼，结果被老板拦住。我问：怎么回事？

老板说：今天真是不好意思，真是不巧，楼上的大侠包场了。

我说：废话，我下来解个手，怎么就不能上去了。

老板忙不迭道歉，放我进去。

我上楼后大家都停住了，上下打量我。我发现这里一共四十余人，都佩带刀剑。一个最壮的说：小子，楼下伙计没跟你说包场了吗？

我说：知道，知道，我是老板的朋友，平时喜欢练练武功，今天正好来访，他说，有很多大侠在楼上，我就上来见见世面。

引来一阵大笑，说：好，好，我看你的身子板觉得还可以，虽然练不到我们那样，但还是可以强身健体啊。

我说：对，对。

另一个说：你都练过什么基本功啊？

我说：我没练过什么，前些日子去过少林，他们没收我，我天资差些。我练过一些马步，打算练好了再去少林。

又引来一阵大笑：说：少林都没了，还去什么少林，以后习武，来武当、金牛、天鹰这三个地方，入门快，不像少林，糊弄人，马步就让你站三年。

我说：对，我就要入门快的。不过少林怎么没了？

那人说：哈哈哈哈，兄弟们四十人，就把少林摆平了。

我说：不可能吧，少林好多弟子虽然刚刚习武，但还是有不少高手，大侠虽然一看就知道身手一流，但是四十多人也势单力薄啊。

那人大笑说：我们都是什么人，都是各门派选出来的高手中的高手，而且用的刀剑是号称大漠第一怪天下兵器无双的师父做的，锋利，顺手，你连见都没见过。

我说：那什么叫少林没了，是他们认输了？

那人说：认输哪行，江湖规矩，到死方休，他们几千号人，全让我们四十几个杀了，以后，少林就没这天下第一寺了。而他们的武功究竟怎样，也由此见得。你要学东西，来武当嘛。

我说：啊？全死了啊？他们也没招惹谁啊。

那人有点不开心，说：江湖上的恩怨，怎么是一个招惹能说得清楚的。少林明明输了，还围死我们大当家的，这明明是不把江湖规矩放在眼里，应当给予教训。而且，事情都不是应该不应该那么简单。你年轻，不懂。

我说：啊，对。

那人恢复笑颜：识时务者为俊杰。来，你看看，我们用的刀剑，是少林棍能比的吗？打起来的时候他们用那破棍，还说是什么什么树做的，我们用这剑，感觉就像在切甘蔗一样。

旁人纷纷大笑，说：是啊，那帮人，体力尚好的都拿着甘蔗样的棍子，还摆什么阵，结果呢，你看我们这剑。

说完抽出剑亮给我看。

我说：我这儿也有把剑，据说质地尚可。

那人说：你那些小玩意，顶多是上等货色，我们的是天下的绝品。不信你拿出你那个看看。

我把剑抽出来，猛然发现，剑已经锋利不少，看来是在寺里的时候沾染到不少血气。

那人远远看了一眼，说：看，表面上看你的剑也不错，但材质完全不一样。

我说：万一大家的剑差不多呢，我这也是一个做了多年剑的老师傅做的。

他说：你那师傅不同于我们那师傅。不信，你不心疼，试验一下，你把剑放平，握住了，对，就这样。小伙子，不要来索赔啊。

说完他一剑下去。只听哐当一声，半截剑掉在地上。

那人看都没看就大笑，说：哈哈，我说你的不行吧，重新打一个吧。

我说：这位大侠，你拿着把匕首做什么？

那人一看自己手里的剑，脸色惨白，说：啊，你这师傅，是什么师傅，什么价钱一把？快说。

我后退两步，拿着剑划一下，说：不要钱，只要命。

那人紧张地提了一下自己的匕首，说：什么意思？

说完，他脑袋就掉在地上。我也吓了一跳，我的本意只是划破那人喉管，不想脑袋都掉下来了。

顿时酒楼大乱。

之前的三个人率先扑向我，那三个人明显急躁，连剑都没拔出来徒手就上了，我后退一步，不想让血沾到自己衣服，一扬剑，霎时三个人齐齐倒地。

其他几十人稳了稳阵脚，把我围住，有一个哆哆嗦嗦问：你居然杀了武当的雄风大哥，你不想跟我们练武功了？

话音未落，那人就口吐鲜血倒在地上，后面一虎背熊腰的大汉已经把他一剑捅死，口中道：笨蛋，留着你也丢人。我给雄风大哥报仇。

他拿着剑直冲过来，我躲过剑锋，用肘狠撞他的肚子，结果我自己给弹在地上。我感觉那人也疼得咬牙切齿，他大叫一声：铜人功！

我还没起来，那人一剑劈下来。我想，还是拿剑挡吧，于是用剑一挡。那人又拿着匕首第三次向我砍来，口中不知在念叨什么，我自然又是一剑抹喉，不小心他的脑袋也掉了下来，血洒在地上，手还挥舞了几下。我想，可能是这个朝代最快的一次杀人偿命了。

其余的人微微怔了一下，其中一个大喊：一起上。说完数人一起扑上来。我发现有一把好剑杀人真是容易，我只要躲过他们缓慢的剑法，然后剑一划，就死一片，而且越来越好用，比刚开始的时候还快很多，离人一米就能伤人，世上还真有剑气一说。我几乎把他们所有的剑都变成了匕首，那些还是老头儿之前的作品，如果换成是普通剑，恐怕连手微微震一下的感觉都没有。我自己都没想到那么容易，几分钟里，四十几个人全部干干净净死去。我不费力气，他们完全不能近我身。

最后我挥剑回鞘，结果发现一阵木头断裂的响声和几股轻烟，楼上的几根木头做的柱子都断了。我不由感叹，真是锋利。如果多见见血，杀些人，会变成什么样子啊。但是我马上打消了这个念头，想，那老头儿真是邪门，不是坏人却卖剑给一些平时作风不正的帮派，做出来的剑是鼓励人不断杀人，然后不断想知道剑究竟能锋利到什么程度。这是一个什么样的人啊。

走出酒楼门口，躲在柜台下的老板探出脑袋，说：大侠，你都做了些什么？

我说：哦，你得上去收拾一下，我杀了四十几个人。

我说完，老板昏倒在地上。

我跑了几步，来到路上，发现到处找不到喜乐，开始焦急，突然背后传来阴笑。我转身一看，一个独眼的正拿剑抵着喜乐的喉咙。他说：快把剑放下。

我突然想到老头儿说的那功能，就把剑拿起。

喜乐说：别放啊，他有火枪的。

我问：什么火枪？

喜乐说：抵着我身上呢，他别在腰间。

我说：你感觉对不对，别搞错了。

那人大笑：对，西洋来的火枪。说完拔出来，用火枪抵着喜乐的脑袋，说：快把剑放下，否则走火了怪不得我。

我脑子里全在考虑什么叫走火。然后直直竖起剑，对准那人，说：我放下了，你看清楚。那人从喜乐身后微微探出脑袋下意识地看了看，我觉得可以了，一按雕的那荷花，只看见射出一个做工一流的暗器，我觉得很惊讶，因为老头儿说，我看不见的，我也相信老头儿说的，但是我确实看见了，就在我眼前，难道我也像那剑一样，见血会比原来更厉害？

我觉得有点恍惚，又看一眼，吓了一跳，由于自己好久没有使用暗器，那针好像是冲着喜乐而去的。于是我下意识地伸手拨了拨空中的针，觉得方向可以了，然后一眨眼睛，只觉得时间停住了，那人半晌没有反应，随后轰然倒地。喜乐转过身踹他一脚，骂道：让你碰我。

我走近尸体，仔细翻看，始终不能发现那一针的伤口在脑袋的什么地方。

喜乐问我：你刚刚都干了什么？

我说：一会儿路上和你说。

说完，我小心翼翼慢慢悠悠拔出剑，怕伤到喜乐。然后一剑刺下。喜乐疑惑地问我：你在干什么？

我说：他碰了你，我报仇。

而我的真实想法是，让剑再快一点。我觉得，我有点像当年的无灵——杨正刚。有些事，总是让你不能自拔，无论你本性怎样，况且，你怎知你本性如你想的那样。

正想着，后面硕大的两层酒楼所有木柱都齐齐断裂，一阵青烟，两层变成了一层。

我们又是风尘仆仆到了长安城。喜乐对于我是如何狠下心来一下杀了四十多人很感兴趣，她觉得我不是一下能杀这么多人的人，觉得我顶多是失手杀死一个。而我本人对此也没有多大的感觉，只是觉得这些人实在罪有应得。

喜乐问我：你一次杀了那么多人害怕吗？

我说：不，很奇怪，不过你也知道，他们把少林那么多人都杀了，这也算是我报仇了。师父说过，有什么灾难的时候，希望我能帮忙，我不知道这事，但是至少事后我把他们都杀了。

喜乐说：那你想过没有，这区区四十个人，你连汗都没有出一滴，就全杀了，那少林究竟是不是他们屠的？

我说：他们说是他们，可能他们的确武艺高强，可这剑实在太厉害了。你看——

我面前几步有一棵大树，我让喜乐站我身后，对着树，猛然把剑抽出，然后动作凝滞不动一秒，让剑气充分划过，再将剑收起。

喜乐说：这就行了？

我说：对。这树已经断了。

我和喜乐痴痴看着树半天。理想中那树应该带着整齐的切口轰然倒地，可那树始终没有什么动静。我说：剑气太凶，肯定过半天才能反应过来。

话虽这样说，可是我还是情不自禁上前推了推树，然后仔细看了看，发现这树一点掉皮的迹象都没有。

喜乐哈哈大笑说：你杀红眼了吧？

我说：不可能。

喜乐说：剑气我听说过，但从来没见过，就像轻功你也听说过，就是从来使不出来一样。对吧？

我说：你不要嘲笑我，我到长安问问那老头儿。你没见过，不知道的。真那么厉害。

喜乐说：你有点变了，变得像江湖上那些人。我是指好人。

我说：都是人杀人，哪分什么好坏？

喜乐说：你变得像师父。

我说：不说此事了，人总是发生一点变一点。

到了长安，看到硕大的城楼。我想，罢了，又是这地方。其实和在寺中没有什么区别，只是在一个比较大的地方兜圈子罢了。

不过长安的气氛似乎变化了很多，可能是最近血雨腥风的事情发生不少，或者说这样的事情在自己身上发生不少，所以觉得人人都严阵以待。

官兵明显多了，进城查得严了。我在郊外佩带刀具习惯了，进城忘了藏起来，直接就走进去了。我想，这应该就是师父说的王者之气了，守卫森严的长安，佩着一把足够长的剑，随便走走就能走进去了。正庆幸着，进城以后发现官兵用沙袋围了一条路，又有一层检查。这回便没那么幸运，直接就给拿下了。

我拿出法号牌说：你们自己看看吧，想必你们也知道，少林前几天出事了，我是去朝廷商议的，你看，我不光不摘剑，还留着头发，带着姑娘，级别你们也应该想到。快让我进去，谁碍我事，拿谁是问。

官兵商量一下，就放我进去了。后面有几个跟着的，明显是江湖人士，看我拿着剑直接就进去了，马上掏出自己藏匿起来的各色宝剑，佩在身上。我想，所谓江湖人士为什么就那么想显示给一些百姓看自己是个江湖人士呢，并且一定要靠一截铁来显示呢？后来他们都被判了五年。

到了长安城里，街上人口明显比往常少了不少。我和喜乐马上就迷路了。一路打听，终于到了那地方。我生怕老头儿已经不在，急忙闯进去。老头儿正在擦拭他做的剑，说：怎么样，这剑好用吧？

我说：好用。几天不见，别来无恙。

老头儿说：你不怪我把剑卖给那些人吧？

我说：我想明白了，这不是剑的问题，他们几十人，要不是事先下毒，肯定不可能屠少林。

老头儿说：对了，看来你还不笨。

喜乐说：他一路都说，你的剑好用。

老头儿说：小家伙，你从小生长起来的地方的所有兄弟们都给杀光了，你不悲愤吗？说真话。

我仔细想想，一路上关于剑的好用似乎重于少林被屠一事，我真是狼心狗肺没有良心的家伙。但是我不能那么说，只好咬牙道：悲愤。

老头儿说：你把剑给我，想来你也把秘密给用了。

我说：是。

老头儿说：有没有什么不明白的地方？

我说：有。

老头儿说：问。

我说：这剑拔剑就能伤人，但是我不明白，为什么我在空地上要试试剑砍棵树之类却又不快了呢？

老头儿说：因为你那时候没有杀气。你不一定想杀了那棵树吧。你要有杀气，剑才有杀气，你和杨正刚一样性格，虽然都是传说里的人，但是都不细心。你想，如果你随便一抽剑，发现这位姑娘已经被你杀死了，你是不是要恨死我？

喜乐看看我，做了个鬼脸。

我说：所言甚是。

老头说：今天晚上，剑就放在我这儿，我帮你把暗器装上。

我说：这次去真是很遗憾，那家当铺也给抢了，灵也没了。我想，有机会我一定要找回来。

老头儿说：不用不用，为一截烂铁，何必呢。技术进步了，你看，那剑在当年已经算厉害了，可是，那帮人买过去的剑，每把都比那剑强。你手里拿的，是最厉害的，十年里不会落伍。我死了，一百年里这剑都是最强的，只是没有那小功能了而已。不要小看啊，关键时候，你就知道了。

我说：我已经见识过了。

老头儿说：快像大家想得那样了。

我问：什么样啊？

老头儿说：一会儿你上街自己去看看就知道了。长安街上不能佩带刀器，你在我这里随便选一个小的带着吧。

喜乐突然想起什么事情，说：哦，前辈，上次你给我们的盘缠，回去我才发现有很多，我们日后一定还给你。

老头儿笑说：还什么啊，那些剑，我卖了八千多两黄金，可是现在估计卖不了那么高的价钱了。

我问：为什么？

老头儿说：因为你用你这把将他们的那些都弄断了，可他们不知道你那把也是我做的。

我说：我不佩带什么了，这里又不是荒蛮之地。

推开门，我和喜乐到了街上，四周冷清。正是午后，横生困意。四下走走，发现很多人行色匆匆。喜乐说：是不是出什么大事情了？

我说：不会。

我们走过一条街，来到了一个茶楼，发现在里头聚集了很多人，于是也进去，看见一桌上一中年人正在绘声绘色地形容外面的事：这外头乱套了，我大哥负责少林寺的美容扩张，带了人去看看，研究研究怎么弄，我跟着就一起去了，到了那里敲半天门没动静，想想不对，我大哥学过武功，会轻功，两脚一踏，直飞上去，结果你不知道少林哪个墙高啊，楞是没飞上去，然后又用出一招天下第一掌，一下把门给打开了，一看，死了，全死了，一个不剩啊。

喜乐说：门不是给炸开了吗？

我说：你也信，我们小时候还从围墙上跳下来过呢。

众人听到人全死了，不由得在下面小声议论：我觉得，就是几月前那场比武比的，招了灭门之祸啊。

还有的说：我觉得一定有内奸，趁半夜人熟睡，一个一个杀的。

旁边马上有人反对：不可能，一个一个杀到什么时候去，你去过寺里没，杀到天亮还没杀完。

大家都觉得有道理，附和说：不可能一个一个杀，你觉得怎么弄的？

反对那人说：肯定是一手一剑，两个两个杀的。

下面又有议论：两个两个也未必天亮前能杀完。

有人说：胡说，两个两个杀怎么能不弄醒人，又没中毒。

马上又是议论，说：万一是中毒了，先都迷了呢。

里面一片附和。一个老头慢慢悠悠说：不见得，少林有专门研究毒物和解毒的一个地方，就算饭里下毒也未必人人能吃到。

有人说：肯定是长期吃素，得不到营养。

旁边那人马上说：胡说，我村上西村头王汗三老头儿，家境贫寒，天天挖野菜野草吃，人越吃越壮，嘿，身体还越来越好，跑得比野兔子还快。

众人哄然，说：吹牛，跑得比野兔子还快，那老头儿为什么不逮野兔子吃啊。

那人说：说就要说起八年前那场大难，老头儿熬过去没饿死，结果后来闹神病，转筋抽风，天天磕头，命保住了，腰不好使了，一直弯不下去，所以跑得是挺快，弯不下腰抓兔子啊，吃素的命。

众人说：也为难了那老头，天天和兔子跑，就是不能吃啊。

那人说：是啊，今年野兔子特别多，像蝗灾后蝗蛹一样，满地跳，抓到城里卖，还没人要。

众人说：咋没人要，南边野味馆，专门收野货，怎么的一个兔子总能比一个瓜卖的钱多吧。

有人不同意，说：不一定，大灾那年，不准上街卖瓜，瓜都臭了，后来种瓜的都伤心了，你猜种瓜的伤心了以后怎么着？

大家都问：怎么着啊？

那人说：种瓜的伤心了，就不种瓜了。那年瓜都烂地里了，第二年大部分人都不种瓜了，结果城里人一年没吃瓜，又过了一年，特别想吃瓜，瓜又少，卖得特别好，贵的时候一只鸡和一只瓜一个价钱。

大家都点头说：对，是有那么一年，后来大家都种瓜去了，反倒没人养鸡，第二年一只鸡能换一百个瓜。

众人感叹：这世道变得是快啊，可是野兔子和瓜，到底哪个值钱啊？

一个人跳出来说：我吃过野兔子，肉酸，不嫩，不好吃。

又跳出一个说：胡说，你吃的那是老野兔子，吃过小的没？

讲故事那人不高兴了，大喝：你们倒是往不往下听啊？后来还出现一个大侠，把杀少林那些人一下就杀了。听不听啊？

喜乐大叫：听，听。

那人往下讲：后来，到了过沙，听说一件事情，厉害啊，原来，杀少林的是其他各大仇视帮派派出的高手，其中包括大漠第一腿的张富雄、武当暗器第一的牛三娃、金牛号称第一大力士的潭壮壮等等等等好手，数都数不清，他们在酒楼里喝酒吹牛，结果一个少年，带了一把剑，那人不是人啊，是神。他们把少林灭了，触动了佛祖，佛祖派了身边一个点灯的下来，神兵天降啊。他们在二楼喝酒，那人不是从一楼上来的，是直接从天上降到二楼顶上，挖了个洞就下来了。

众人哗然。

那人说：那四十人当然不知道，说要打，那人都没动手，那四十个人就全死了。

众人不信：胡说，不动手怎么杀人啊。

那人说：笨蛋，动剑啊，不是说那人带了把剑吗？那剑是天上用来斩地削山用的，你看那太行山，都是用那剑削出来的。

众人说：那四十人哪行啊。

那人说：是啊，那剑，削金刚石就像削瓜一样。

众人惊叹：削瓜！削瓜多容易啊。

那人说：是啊，就跟削瓜一个样，不骗你，我看了大柱子上的断口。

有人说：金刚石多硬啊，什么都弄不开，瓜多好削啊。

又有人反对，说：胡说，瓜分好几种，我们胡瓜村种的瓜，就不好削，皮硬肉甜，特殊品种，进贡给皇上过。

旁人说：人那是天上的剑。

那人说：那瓜大家都说是天瓜，那是十八年前，天上神仙不小心吃瓜的时候吐籽吐人间了，还就落在胡瓜村胡伯孙老人家田里，就长出这种瓜，和你们见过的瓜不一样，都是天上的东西，应该不能互相切。

有人反对，说：胡说，人都是地上的东西，还不都互相杀。

又有人说：那瓜今年收成好不好？

那人说：别提了，那瓜好静，要慢慢长，今年不知咋的，野兔子特别多，老蹿那藤，搞得瓜长不好。

有人说：那瓜长不好，就卖不出价钱了。

一老汉捏捏胡子说：这你就不知道了，奇货可居，瓜少了，价钱就高了。

有人说：高也高不过九年前跟鸡一个价。

有人提议：至少和野兔子一个价钱。

有人说：放屁，肯定是活的比死的贵。

有人说：扯呢，野兔子不值钱，满地都是。

有人说：野兔子难抓。

有人说：难抓还难吃呢。

说着说着，代表瓜贵和代表兔子贵的两方互相吵起来，互相不认输，纷纷列举出为什么兔子贵或为什么瓜贵，吵得面红耳赤，说野兔子贵的那方说了几句，说瓜贵那帮里突然就站起来一人，不知道从哪里抽出一把刀，大喊：老子就说是瓜贵，谁把野兔子卖贵了爷爷我砍了谁。

然后众人大乱，抽刀的抽刀，掏匕首的掏匕首，还有抄起板凳就打的，互相厮杀成一团。我和喜乐事不关己，马上退出店外观望。里面真是空前混乱，几十人数十种武器打成一团，因为事先彼此不认识，阵营乱了以后就不知道谁是谁了，难免出现了认为兔子贵的打了一人半天，那人快断气前还说：你打死我我都说是兔子贵。遇到这种情况，只好忍痛将那人打死。打到后来，大家虽然都打红了眼，但还算理智，打前问：兔子还是瓜？发现一言不和才动手。有一兔子贵的问一陌生人：兔子还是瓜。那人要说，瓜怎能贵过兔子。刚说了一个字，就给一板凳拍晕了，场面惨不忍睹，说明关键时候讲话还是不要太注重修饰。打到最后，伤的伤，死的死，昏迷的昏迷，全都趴地上了，只剩下一个认为瓜贵的还能站着，那人爬桌上，要说什么，发现自己打迷糊了，不记得自己的立场到底是兔子贵还是瓜贵了，痛苦不已，突然认出下面有一个被自己打得奄奄一息的家伙，于是想到如果问那人是什么立场，自然就知道自己的立场了，便一步跨上前去，揪住那人，问：兔子还是瓜？那人本来立场是兔子贵，看见仇人又来了，为保一命，要和那壮士装作自己人，吓得忙改口，说：瓜，瓜贵。那人大笑，一拳打晕那人，又跳上台，对着一地伤员大喊：哈哈，还是兔子贵！

这时候，下面有一个手脚都断了的瓜贵人士，认得桌上那人，知道他弄错自己立场了，提示道：兄弟，兄弟，你错了，是瓜贵。

后果自然是说话那人被一刀杀了。

我和喜乐看得目瞪口呆。

官兵此时终于来到，火速制服那人，分出活着的和死了的，全都抬去了城务府。后来活着的救活了以后最少的关五年，最多的二十年，死了的有九个，最后搞错自己是什么的那壮士因为被目睹最后杀人一幕给判了死罪，处死的时候还大喊：我一生活得是条汉子，想什么是什么，说什么是什么，你们今天杀了我，我的鬼魂都说是兔子贵！而那些活着的三十多个，要分两帮关在两个监狱里。无论如何，刑不算重，佩剑都要关五年，何况在长安打群架，闹出大事，还死九人。那些都是后来的事。

目睹了这奇特一幕后，我和喜乐都觉得很困惑，喜乐说是因为我们从小就没在社会上长大，不能了解那些人的想法。我想，我能了解那些人的想法，因为到了那种怄气红眼的时候，人人都已经没有了想法。而整件事，我仿佛看见某些更大层面上事情的真实意义。或者说，世界不就是那样吗。只是我觉得自己被传说成了神仙很有意思。这难道就是无灵——杨正刚的乐趣——看见一个完全不相干的自己。

在各个店铺磨蹭一会儿，夕阳已经微红，快落在繁华的建筑背后。很多商铺早早关门，喜乐自己什么都没有买，说要勤俭节约。然后我们到处找价钱合适的客栈，喜乐觉得，如果有个栖身之地，那自然就不用找客栈，就能更勤俭节约。我说，客栈是一定要找的，除非你在每个城池都有栖身之地，但到那境地，还需要勤俭节约吗？

城中客栈分好几等，最上等的都不叫客栈，叫主楼，因为每晚上给的钱多，就反客为主了。全长安一共也就三处主楼，全国也就五处，每处有内务部大头亲自提的一个“好”字，意思自然是很好，专门给达官贵人居住，门口守卫森严，里面到处都是服侍的，并有庭院、小桥、流水，房间每间都长宽过两百尺，装饰精美，一晚需白银五十两。但老板普遍赚得没普通客栈老板多，只落得认识一些达官的便利。达官和贵人还不同，贵人大部分都有自己的贵邸，倘若外出谈事，自然是和另外一个贵人谈事，所以都居住在另外一个贵人的贵邸，而达官一般都是赊账或者记账，从不见现金流量，所以老板只好在主楼里设巨大娱乐场所，招全城最美的姑娘，这样老板才能看见现金，从中抽点成勉强度日。

二等的就多了，档次也不一，上提字“一般”，一切都一般。吃到的肉基本上不会是人肉，这点很重要，价钱就可能只有十分之一不到，普通人都住那儿。

三等就更多了，上无任何题字，黑店也很有可能。几十人一间，我觉得还不如睡树下踏实。

找了一个二等的，很快入睡，想着第二天要去取剑。

6

第二天一早，上街就发现，长安已经戒严了。所谓戒严，就是所有商铺关门，所有人等不出门，想进城出城没门，大家都待在原地。街上仅仅有官兵和一些有要事的人在走动。我和喜乐趴在窗口看外面，喜乐问我：想什么呢？

我说：想一会儿怎么去拿剑，又要坑蒙拐骗了。

喜乐说：我觉得你和以前不一样了。

我说：不可能的。没经历过什么大事情，怎么会和以前不一样。

喜乐说：你和原来在寺庙里的时候不一样了。

我说：其实都一样。

喜乐说：你老惦记着那剑，剑始终是身外的东西。

我说：我觉得我不是传说里的，我们都是一样的人，有那把剑在，自己很有安全感。

喜乐说：原来你也要安全感。

我说：是啊，你想，其他人真是提着脑袋在街上走。我总觉得自己是好人，师父快把我说成救世主了，可是我自己最清楚会发生什么事情。

喜乐说：那我们什么时候去取剑？

我说：即刻。

一路顺畅，并无阻拦。到了拐角的屋子，推门进去，发现里头一个人都没有。我和喜乐找了个遍，还是什么都没有，我心里顿时觉得失落。又寻找一遍，在老头儿床头找到了那把剑，剑上刻了一行字，我和喜乐同时感觉应该是类似“滔滔江湖，谁主沉浮”之类，不想仔细一看是：我出去一趟，自会相见。

出门马上遇见麻烦，碰到两个单独巡逻的官兵，看到我们神色大变，上前质问：你不知道上街不能带剑吗，现在非常时期，还不能牵马，你这虽然是驴子，但也属于一类，你跟我们走一趟。

我说明我的来意，和上次在门口说得一样。但这次果然是戒备森严，说什么都没用。我说：两位手下留情，不要阻拦，我知道此一去五年，但是我有要事在身。

那两人执意不肯。

我抽剑，随即合上，问：看清楚没？

俩人睁大眼睛没有反应。

我拖着喜乐说：走。

喜乐说：还是说清楚比较好。

我强拖上喜乐，走了几步，我说：你回头看。

喜乐回头，顿时那两人身体断开倒地。

喜乐当场就吐了，诧异地看着我。我们一言不发回到客栈。

喜乐质问：干吗杀人啊你？

我说：要不然会很麻烦，你也看见了。

喜乐问：那你可以打昏他们。

我说：那等他们醒了，我们逃都逃不走。

喜乐说：不管怎么样，你拿了这把剑以后就不一样了。

我说：喜乐，不是的，现在人人自危了，外面戒严，肯定是出什么大事情了，我估计是其他几山的少林汇集起来要报复了。

喜乐到柜台上去打听，伙计说：不知道出什么事情了，猜想和一些帮派有关。民间真是很多帮派，小的不计其数，组成之快，超乎想象，比如那天兔子和瓜的，一会儿就是两个帮派。小的不说，中等的有七八个帮四五个教，由于朝廷一直不管，所以人数都日渐多起来。大点的就是少林和武当，一佛一道，之所以成为大帮，是因为背后有精神上的东西在支持。佛和道的区别就是，佛是你打死我你就超度了我，道是你打不死我我就超度了你，但是事实上没有人愿意被人打死，都想留在疾苦的人间，因为还是人间比较熟悉。

发展到最后，区别并不是很大，而且暗中都有朝廷的支持。还有自古都有的丐帮，就是一帮要饭的组成的帮。要饭的本来就人多，不用组织，而丐帮的长老，虽然德高望重，但还是一要饭的，所以朝廷放之不理。任何事情，想多不宜，何必深究，这个帮就是集体要饭的，想到这里就可以了，而且是最正确的。

我觉得外面肯定有很多事情发生，急需出城。但是我想一旦出去，就会觉得里面很多事情发生，急需回城。喜乐说：我们还是等着吧。

在等的时光里，听说了很多传闻，第一就是逐城里开始决斗，各个帮派要推出一个盟主。第二就是上回受伤的通广少林寺的慧竟师父被暗杀。还有就是说武当行为触犯了上天，过沙已经被埋在风沙里，等等等等，多怪的都有。听闻有人已经开始囤粮，我和喜乐决定，还是出城为好。

所幸，城戒在中午就结束了。我和喜乐走的西门，从西门出去，发现有两条路，一条往逐城，一条往雪邦。雪邦是长安往北几百里一个有名的城池，因为离国界近，许多大小帮派驻扎此地，听闻武当最近也搬了过去，料想已经是群魔乱舞的地方。雪邦旁边就是阿卫寮，原来不隶属于我国，后来不知道怎么的，仗都没打就给划过来了，现在是长安外朝廷驻扎重兵的地方。这是从来没去过的地方，而逐城似乎没有什么去头了。

那么，去那里要干什么？我总觉得，我的使命就是给少林报仇，可似乎那仇当即已经报了。可能还没那么简单，总之我觉得一些事情还不够，还要做。

小扁经过了一段时间的社会实践，在速度和耐用性方面都有了很大的提高，并且已经开始试图和人交流，老眨巴眨巴眼睛看着你，一副即将要被欺负的模样，惹得喜乐心爱不已。我想我在过沙一次杀了四十多人的事情肯定还没查清楚或者朝廷有自己的想法，要不然一驴一男一女这样显眼的三人组合早就给就地正法一万多次了。我回忆起那次在吃饭时候奇异的两镖，还伤了别人，至今不知道来历，而且官兵似乎也没有追查，似乎朝廷最近自顾自有一些别的东西在繁忙运作，想想让人害怕。

我们慢慢去往雪邦，越来越冷的地方。喜乐的理想是随着天气迁徙，我觉得很没追求，我似乎喜欢做相反的迁徙，比如冬北夏南。国土辽阔，南面是属于比较不受重视的地方，各个方面发展相对靠后，可能因为南到接近大洋，我们认为，隔开大洋，应该已经没有什么土地，而北面似乎疆土辽阔，不知究竟有多么深远。十五年前朝廷曾经有个小队想探究清楚极北的奥秘以及疆土扩展的可能，皇帝等待着那队人马带来消息，结果十五年过去，他们还没回来，着实让人觉得更加神秘。而往西，到达横断山脉，已经到达地理的尽头，认为那头便应该是天境，因地势越来越高，高到无路无人可以到达，群山阻断，似乎无尽，而且不像中原，每座山都可以探究高低与否，那里的山都是白雪覆顶，难以企及，逼人心魄，所以该是天与地的界限。

但是在军事上，不能因为是天与地的边界就完了，一定要探究探究，就算是天地分界，大家也很想知道那头究竟是怎样。同样，十五年前的人马，同样都没能回来。但这说明，军事上基本可以放心了，人走都走不回来，何况要军队进来。所以，唯一的隐患就是北面。北方的城池普遍偏大，城墙也高，讲究个易守难攻。可我一直没弄明白一件事情，为什么一定要一个城池一个城池打过来，倘若有足够的兵力，直接去长安不就可以了？而大部分的兵士应该都在各个城池守城。

不知道是心理作用还是什么，我总觉得一路上越发冷。喜乐说，时入初冬了。而江湖肯定是没有以前太平了，因为一路上我和喜乐都走得很太平，这意味着大家都有正事在忙了。而我和喜乐却什么都不知道，自己又没有什么江湖朋友，所以不能打探什么，一切都是到雪邦再说。

花费数日，迷迷糊糊，路过大漠边缘，路过奄奄荒山，路过炊烟孤村，路过深林尽头，路过破乱集镇，路过败落旧寺，就是不知道是不是去雪邦的路。问了很多路人，都说只知道大致方向，他们从来没有去过雪邦，因为武功不够高。

喜乐问我：你为什么不想着要去投奔其他寺里呢，比如南边慧静，离长安不远的广安，都是大寺。

我说：我想过，可是去那里干吗呢？

喜乐说：也是。但是你可以让他们帮忙找师父他们或问问有没有方丈的下落。

我说：在他们那里，你我只是弟子，这些事情过问不清楚，况且怎么安排你啊？

喜乐说：那就不去了。

我说：对，到了雪邦，应该可以知道很多事情。

雪邦。

我很诧异我们居然走到了雪邦，而且雪邦的城墙要比长安的更加高耸。入城处城墙外一面贴满了通缉令，足足上百张。喜乐问：走，去看看，有没有你。

我上前一看，原来这些通缉的单子看似凌乱，其实是有规律的，犯最重罪的贴在最上面。从下面看起，第一张是：

男，不知名，知情者报，高约六尺，面貌不清，带粗柄弯刀一把，刀上带有铁环，铁环上雕有鸳鸯一对，刀柄木质，木色发黑，有裂纹一道，刀有齿，齿密，共计一百零五齿，刀长三尺。此男于秋分子时，前往二蛮村调戏两女（此处“两”字上一个叉，后改为“良”字）姚秀花，被秀花她妈发现，告诉秀花她爸，秀花她爸手持木棍追出，此男抽刀欲战，村民纷纷发现，此男夺路而逃，并顺手抢走秀花家种鸡一只、秀花邻居姚三根家种鸡一只，隐患甚大，望知情者告官。

我和喜乐看得入神，哑然失笑。后来此案据说是人没抓到，那刀倒是找到了，赔给秀花家，但因为姚三根也丢了鸡，秀花家得到了刀，姚三根却什么都没得到，所以不服，正打官司。后来判姚三根得到鞘。姚三根还不服，觉得一样都是种鸡，为什么她家是刀我是鞘，给当堂训斥说，你家的闺女没给摸，那是赔形象损失的，不是赔鸡的。后来两家反目，不相往来。

此是小事，往上就严重点，但已经属于撤了的，因为上头打了一个小红叉。

男，姚勤寿，脸上有两痣，眉毛浓密，眼睛小，鼻子宽，嘴唇厚，六尺五，胸口有疤，长一寸。

此男杀害街头青楼女子桃花，属望春楼六号，貌美，体贴，才艺好，能弹琴，脸上光洁，柳眉，眼睛大，鼻子纤小，樱桃小嘴。手段残忍，使用暗器。有一定武功，望知情者报官。消息确切者，望春楼三号房老鸨姐应允提供无偿春宵十次，不接受点号，视当时哪位姑娘有空而定。

因为条件诱人，这个据说明显就有很多人报官，只要符合男子体征一条比如眉毛浓密或者眼睛小的，揪住先报官再说，反正报错也没人怪罪，后来发展到只要是六尺五的都给别的尺寸的人抓着捆着报官。有一阵子，在雪邦大街上六尺五高的人都不敢上街，没走几步后面肯定传来：好哇，原来你就是勤寿，然后就莫名其妙给一伙人捆起来了。这是这个社会唯一一次妇女利益受到空前重视，一卖艺的被杀，全民行动。后来这通缉令就撤了，因为导致了社会动荡。

再往上就更加严重：

男，老，附头像一张。体征如头像，身高五尺五，此人持暗器多种，于一夜杀害金银街卖豆腐王石山老头儿一家五口，劫走钱财若干。案情重大，望知情者报官。

这往上还有：

男，惯犯，附头像一张。体征如头像，身高六尺二，此人行凶多年。惯用暗器，手法准狠，累计四年一共暗杀害逐城、过沙、雪邦、雾流、铜田共计百人余，危害极大，望知情者报官，并不要私自捉拿，保持一定距离。

喜乐感叹说，这个厉害。但看看上头还有一张，就问：上头这个肯定更加厉害，哥，你看看是谁。

我仰头踮脚，非常想看看上头那是谁，搞了半天，扫兴地对喜乐说：实在没办法，这墙太直了，贴得太高，我什么都看不到。应该反着贴，不能把偷鸡的放在最下面。

喜乐说：谁知道，可能重要的都往高了弄吧。那人估计是杀了上千个。我们进城吧。

我和喜乐匆匆进城，找店住下。我发现雪邦并没有我想象中那样混乱，似乎很有秩序，远处天好时可隐隐约约看见一座头顶戴雪的孤山。

进城的几乎没有什么检查，这里的气氛和长安截然不同，似乎什么事情都没有发生过，亏得这里还是传说里各帮驻扎的地方。但是我想，大帮都如同少林，是不会驻扎在一个城里的，朝廷看不顺眼了想灭它只要把门一关就行了，里面的出不去外面的进不来。武当传说也在雪邦附近一个山头上的道观里。因为寺里规矩都是不能闻问此事，所以我不知道是什么道观，但我想应该名声在外。

雪邦不大，半天基本可以走完，我和喜乐奇怪没有发现任何一个佩剑的人，似乎全是朴实的老百姓。我想，那帮平日打打闹闹的人究竟去了什么地方？还是夜幕还没下垂，他们都不会出来活动？一点儿都没有传说里每天街上要死几个人的气势，感觉倒是一个适合居住的地方。

忽然间，状况产生，一个人骑着马，快速向我们冲来，情况和上次一模一样，也是喜乐站在路当中，我就纳闷了，她为什么一定要站在路当中，于是一把把喜乐拉开，本来自己可以轻轻躲开，后来发现那骑马的明明看见要撞到人，却没有一丝勒马的意思，而且那马皱着脸甩着舌头张大鼻孔正对着我冲来，模样甚丑。我往旁边一躲，从喜乐行囊里抽出剑，往马脚下一绊，又是全部轰然倒地。

喜乐冲过来说：你疯了！那马又没怎么样，你怎么一下就把它四条腿砍了？

我说：喜乐，我没砍。你看，这不还在上面吗？

那马比那人先缓缓爬起来。

喜乐说：我不信，过几秒它的腿肯定就断了。

我说：喜乐，我的剑还在鞘里呢。

喜乐看一眼，松了口气。

说着那骑马的兄弟在地上直呻吟。我上前去说：你骑得实在太危险，我也是不得已。

那人没说话，直接就大哭。

一看见男人哭，我就急了，忙问：你怎么回事啊？

那人说：我的脚怕是断了，我完了。

我问：脚就算断了，也能养好。

那人说：我当不了江湖的盟主了。

我惊讶道：这有什么关系啊。

那人说：你难道不知道吗？

喜乐也走近，我们看着他，摇摇头。

那人说：今天是武林决出盟主的日子。

我问：不是已经有盟主了吗，就是少林啊？

那人说：上次的不算，这次是决人不决帮，而且少林最大的一个寺不是已经给全杀光了吗？也不知道是谁干的。

我说：那决战在什么地方？

那人说：在城外雪山下。

我说：知道了，你养伤吧。

那人说：我还要去——

喜乐说：你养伤吧，去了也是和现在一样的下场。

我和喜乐策马直奔雪山下。

难怪雪邦只剩老百姓，原来混乱人士都已经去雪山下比试了。

这一路上也没有人，看来我和喜乐的确去得够晚。可只跑了一个时辰，我就几乎绝望了，因为那雪山始终是一样大小，似乎没有靠近的意思，所谓追山跑死马的事情，估计就要发生。我似乎听见不远处人声鼎沸，不由得好奇地往前再走，过了一个小坡，我和喜乐都叫出声来。只见足足上万人围着一个擂台，而擂台旁边就是一个叫“雪山下”的驿站。

喜乐问我：我们这就到了？

我说：到了。快进去看看，好像不是很迟。

到了栅栏围起的门口，我和喜乐和小扁被拦住，看门的说：马不能带进去。

我“哦”了一声然后顺手往栅栏上一拴，要进去。

看门的急了，说：不能拴这儿，拴后面。

于是我和喜乐牵着马来到后头，吓了一跳，足足几千匹马，除了我们的小扁能够轻易分辨出来以外，其他的几乎只能以颜色来分辨，但都是好马。

我们又到了门口，看门的说：有没有票？

我说：没有。这要票吗？

看门的说：这是正规组织的，不是像上次那样小打小闹，要票，没票到一边听着。

喜乐说：哪有听的啊，我们就是上去打擂的。

看门的问：哦，打擂的，有票吗？

喜乐说：打擂都要票啊？

看门的说：没办法，要当盟主的太多，要控制人数，要打擂的事先要通过打初擂，有了资格，拿到票的就进去。

我说：那我现场买票行吧？

看门的说：不行。

我说：那我先进去，先赊着行吗？

看门的说：那更加不可以，你看里头这么多人，只怕你强行一冲进去，我们就分不出谁是谁了。

我说：对，好办法。

说完就牵着喜乐冲了进去，马上钻入人群，好不容易挤到前头。擂台上是一不认识的大力士，打听下来是东洋来的，一句能听懂的话都不会说，不知道怎么打听到这里有比武，据说先打听到的是长安那场，自己就坐船过来了，因为听说比武胜利的能得到天下的银子和数百女人。旁边人都不禁嘀咕，这兄弟是不是把盟主和皇帝打听混了。

但是无论如何，他有着常人无法企及的动力。据说已经在台上打败了不少人，而且第一个就是飞鹰派的二当家，人称铁石穿无敌腿的独眼吴。

我大为惊讶，问：怎么连独眼吴都给打下去了？

独眼吴是我常听到的一个江湖人士，小时候瞎了一只眼睛，练武功只练腿，练成江湖最快最坚硬的腿。因为我快离寺的那几天，师父告诉了我若干人名字，说，这些人是有真本事的，不要硬拼，其中就有独眼吴。此人仇恨武当和少林，和他爹组织了飞莺派，就十几口家里人，名震雪邦，不想一个更大的派系也叫飞鹰派，听说有一个叫一模一样名字的派系，马上想上前消灭，结果和独眼吴一攀谈，十分投机，独眼吴的飞莺派就并入飞鹰派，独眼吴就是二当家。

这件事情说明，江湖人士都是很没文化的，帮派名字雷同的不在少数。少林和武当之所以大，是因为他们一听就知道是有点文化的人创始的。至少帮派的名字里没有出现各类动物，什么鹰啊、虎啊、牛啊、龙啊、鹤啊、豹啊，一听就知道成不了大气候。少林在练武诵经的同时，也教授与学塾里差不多的初等知识，学得再差也已经基本扫盲。无论如何，这还是很有用处，因为最早来的几位大侠，据说从这里走过都没有停留。倘若他们能认识这家驿站上面高挂的“雪山下”三个字，恐怕现在也不会在空无一人的雪山百思不得其解。

我不由得好奇起这位东洋大力士的武艺，问：他那么大，难道可以躲过我国最最精华的各种暗器吗？

旁人答：别提了，这次不准用暗器，一怕伤到别人，二怕比武不精彩，以后比武就没人看了。毕竟，这收入也是活动费用啊。而且，武功还是大宗，暗器只是一个分支。说这次比武要避免像上次一样，要以大宗为纲啊。

我说：难怪，那独眼吴难道没用他那无敌的脚？

旁人纷纷感叹：别提了，独眼吴为了这次大会，天天早起练到晚，走火入魔，前天突然不独眼了。

我和喜乐感叹：终于两只眼睛全能看见东西了。

那人一拍大腿，惋惜地说：哪呀，是全瞎了。

我大吃一惊，问：那怎么上去打啊？

那人说：是啊，这不第一个就是东洋大力士上去的，别人都不上去，觉得他个子太大了，就算赢了，也消耗体力内力，所以没有人上，等着别人，这独眼吴看不到，就上台了，还没摸着人呢，就给人摔下来了。

我和喜乐唏嘘不已。

我问：那还有没有别人上台去？

旁人说：多了，这都已经是八连庄了。

我说：八个。都有谁啊？

旁人说：没名的不说了，瞎比画几下，下来的下来，折断的折断。有点名气的有撩山派的张献龙。

我说：张献龙前辈不是号称有天下第一快的龙眉宝剑吗？

旁人说：是啊。

我问道：那怎么能输呢？这大力士移动缓慢，张献龙上去不就只剩割肉了？

旁人道：是啊。

喜乐问：那怎么能输呢？

旁人道：怪就怪张献龙自己。他上台去，对大东洋胖子说：我看你没带武器，我也不用我这江湖最快的剑了，直接用这里的武功会会你东洋的武功。然后就给压死了。

我和喜乐惊叹道：啊，死了？张献龙也不瞎，怎么能就给压死了呢？

旁人说：是啊，怪就怪他话太多，说完还转身向台下的人抱拳说，我，撩山派的张献龙……没说完就给那死胖子一记睡佛压顶给压死了。

我问：这人怎么这么不讲武道？

旁人说：怪只怪张献龙自己话多，那人又听不明白，说那么多人家以为是挑衅呢，这不，一转身就给弄死了。

我问：那怎么没有哪位勇士上前去啊？

那人说：厉害的都想最后上，不能太早暴露自己，要不招式什么的都让别人给知道了。

这时候我才想到师父说的没有招式的好处。

此时，擂管上前说：还有没有人要挑战的？

台下一大片“有有有”。

但是半晌没有人上来。

东洋胖子在台上走来走去，并且不停地叫嚣。

擂管又问一声：有没有人？没有就判了。

台下又是一片“有有有”，半天没动静。

擂管走上前，大声道：这次江湖的统帅，武林的盟主，就是这位，啊，这位叫什么，啊，东洋大力士。

东洋人高举双手，等待掌声。

这时，我发现周围气氛有点儿不对劲，瞬间，几百支各色暗器纷纷飞向站在擂台正中的东洋胖子。我看了看，其中有武当常用的红缨飞镖，少林常用的齿壮圆片，小派系常用的毒针，并且都是剧毒，还有一些造型各异的新式暗器混杂其中，最后还夹杂几块石头。须臾之间，新的盟主轰然倒地。

台下一片议论。

我发现那些发了暗器的人表情都十分自豪，以为这东洋来的意外是让自己一手射死的，无不欢欣鼓舞。

擂管忙上前去，探了探那胖子的气息，然后宣布：由于不知名原因，现在新盟主猝死，比武重新开始。

台下一片叫好声，所有人都笑逐颜开，唯一郁郁不解的是那几个扔石头的。

喜乐问我：怎么回事？

我说：方才武林空前团结一致，各个地方发出几百支暗器，那人就死了。

喜乐说道：那么说，那人中了几百个暗器啊。

我说：不错。

这时，一个看上去文弱的小伙子跳上台去，说：我从小喜欢习武，望和各位前辈交流一下。

台下一片：灭了他。

另外一人跳上擂台，大声说：我是武当的王中仁，前来领教。说着就摆出一副太极拳的架势。

武当在很早时候就有太极拳，后来慢慢延伸，拳路变得很成熟，可是太极这东西一定要打好了才好，没学好简直就是一塌糊涂，因为太极讲究以柔克刚，但是所谓柔，一定要建立在刚的基础上，否则满街弱女子就都练太极了。王中仁在武当里属于元老，是所有学徒的高级讲师之一，拳打得出神入化，自然不畏惧这弱小伙。

说着，小伙子用出了一招只有峨嵋派才有的怪招。王中仁没有注意，被抓到一爪，不由后退三步。

众人诧异，纷纷指责小伙子胡说八道，明明是峨嵋派的人，小伙子听了忙摆出太极架势，众人大惊，都不做声。

两人的功力居然十分接近，难分上下，已经属于冷门，这时候，王中仁叫道：你肯定在武当学过。

小伙子说：没，我看会的。

王中仁说：胡说，这太极重心，心术是看不会的。

小伙子说：在我看来，所有武功在于缓急，心术是没用的。

台下一片嘘声：少废话，快打起来。

两人决定用兵器。让人诧异的是，小伙子决定用少林棍。台下再一次被震惊。王中仁的剑舞得不错，但因为长时间教育学徒，已经养成不好习惯，在一段高难度的招式以后，一定要停下来，看看学生有没有看明白。就这间隙，被无名小伙子一棍子砸晕了。众人十分惋惜，但这说明王中仁真是一个好老师，因为好老师是从来都不能在正式比赛中获得胜利的。

后来又上去一个王中仁的学生，没几下就给打下来了。大家期待高手真正地出现。

突然，一道黑光从众人中升起，一跃六丈高，直接跳到了台上。

我顿时明白，他，就是我们通广少林寺最有名的慧因师父。

这勾起了我的回忆。

在我小的时候，通广的慧因师父常常到我们寺来传授心经。当时大家就传得很厉害，因为慧因的武功应该是代表少林里最高的级别，拳、腿、棍，样样精通。当时在长安，代表少林出战的便是慧因的徒弟慧竟。只是少林一向觉得武当在武功方面实在没有什么深的造诣，所以最厉害的几位高人都没有出现。没想到，这次少林的大事，居然把一向淡泊的慧因师父逼到这儿来了。

慧因最闻名于江湖的应该就是他的轻功。我们从小就听说，慧因的轻功，脚轻轻一点，三层楼没问题，所以我们十分好奇此事，一直缠着要练习轻功，但总是不如愿，可能因为我们不够轻。而我的师父常告诉我，轻功是没有的。

但是我和师兄还是坚信，轻功是有的。

慧因就是轻功的代表，江湖中盛传，他只要脚轻轻一点，跳三楼高没问题。

一直到有一天，我终于鼓足勇气问慧因师父，是否是那样。

慧因呵呵笑着说：是啊，他们说得没错。

我问：那你跳上去要花多久啊?

慧因摆摆手说：哦，你说的是跳上去啊，我说的是跳下来没问题，跳下来很快啊，嗖一下就下来了，但是要休养三个月跳一次。

这便是我儿时轻功梦的破灭，但是慧因师父的确是身轻如燕。

他也是江湖里的传说人士，一上台就引起了轰动。

小伙子一看慧因，马上鞠了一躬，说：我从小看长老练武教武，深知不是前辈对手，这就认输了。

小伙子马上跳下擂台。喜乐说：这真是一个有意思的人。

慧因说：相信大家也知道，我少林向来不结怨恨，但是遭小人毒手，如果有胆，我希望他们能上来，一起上来也没有问题。

这么一说，半天没人上来。

慧因也没意识到，他这么一说，搞得那帮想比武的根本不敢上去。在台上站了半天，居然下场是和那东洋武士一般。慧因说：承蒙各位的礼让，老衲为振兴少林，规范江湖，愿坐此位。

话刚说完，跳上台一人。大家定睛一看，是天鹰派的当家人，穆天鹰。

穆天鹰的上台让大家的情绪到达最高的境界。在江湖里，虽然天鹰派的江湖地位只属于一般，但是穆天鹰绝对是一个高手中的高手。最早的时候，无灵和穆天鹰有过一场有名的大战，大家都知道有人出钱要穆天鹰的命，最终杀手任务落到无灵头上。两人从暗的最后都打到了明的，大家都在围观，可是最后没有分出胜负，谁也没伤到谁。从此穆天鹰的名声才真正大振，因为在大家的心目里，神秘地消失或远去的人总是不一般的，而无灵留给大家的印象是谁都能杀掉，所以穆天鹰的武功，可见一斑。

两人在台上久久矗立。

第一掌是穆天鹰发出的，慧因轻轻躲过，但是穆天鹰的套路绝对是够毒，因我看见另外一只手也正隐蔽掏向慧因的私处。慧因自然是有所察觉，一手擒住，穆天鹰一时抽不出手。倘若慧因没发现中了一下，那绝对是够冤的，作为德高望重的长老，恪守少林的规矩，那地方如果中招，绝对是有悖善有善报恶有恶报的说法的，至少对于这个局部，是这样的。但是慧因还是从容地将此转化成优势。穆天鹰近身就是一脚，慧因侧身躲过，穆天鹰以为慧因注意力被分散，猛然抽手，结果发现还是被慧因牢牢攥在手里。

人能躲毕竟手不能躲，因为两手毕竟是连在一块了，穆天鹰一掌就往慧因手腕处打去，慧因一松手同时一掌命中穆天鹰胸口。而穆天鹰也做了件违反常规的事情，就是慧因撒手以后没有把自己的手拿回来，而是马上投入实战，一掌打到慧因胸口。

两个人各退一步。

台下面是叫好的，因为大家都没看明白。

喜乐倒是紧紧握住我手。

第一招以后，俩人难解难分了至少几炷香，只能用互有攻守各有千秋来说，俩人的拳路极其严谨。

旁边有人说：你看，这时候如果没有拳路，就赢了。

我说：对。

旁边人又说：这就是为什么我不教你这些啊。

我说：是啊。

喜乐牵了牵我的衣服，我正密切注视台上的动静，问：怎么了喜乐？

喜乐说：你看是谁！

我说：我看应该是少林赢。

喜乐说：不是的，你看旁边是谁！

我转眼一看，差点昏厥，叫出声来：师父，你——

师父说：多日不见多日不见。

我当时震撼得不能说出话来。我一直坚信师父是不可能死的，主要是因为死要见尸。我忙问师父：方丈，师兄呢？

师父说：都好，一切都好。躲过此事，也属于无心，回头慢慢和你说。喜乐，你是不是以为师父我死了？

喜乐又哇一声哭出来。

台上穆天鹰已经渐渐显露颓势。没有意外发生，都是实力决定。慧因还是面不改色，轻松应付。

我问：师父，你怎么来这里了？

师父说：因少林的各个前辈都商议在此决议一些事情。

我问：那这次的比武是怎么回事？

师父说：你也看到了，少林发生了大事情，而上次其实赢得不是很服人心，所以，大家都觉得是武当发起了这次盟主之争的比武。

我问：那武当的把握怎么能有那么大？

师父说：不知道，大家也都觉得奇怪。武当里现在武功最高的应当是刘云的亲哥哥刘义，虽然刘义的武功不错，但在江湖里，真正是前十位都排不进去的，不知道为什么要弄这次比武。

我说：所以要格外小心。

师父说：是，这又是武当的地方。不知道他们想要怎么闹。

我问：少林那件事情，究竟是谁做的？

师父说：现在还不大好说，大家都说是武当，我觉得事情不会这么简单。

我说：有一件事情我要讲，我路过过沙的时候——

师父打断说：我知道这事情。你可以觉得你已经为少林报仇了。但是关于究竟是不是那些人做的，你就不要多想。

我说：我听到他们亲口说的，在酒楼里。

师父说：亲口说的不一定是亲手做的。

我说：那我岂不是冤杀。

师父说：也不能这么说。总之，先看看眼前吧。

说着，穆天鹰中了慧因一掌，口吐鲜血。台下又是一片议论。毕竟，谁都不希望什么都要少林做大了。

但是，似乎再没有什么拿得出手的高手。

大家都在私下议论什么时候刘义应该出场了。因为大家坚信，这比武是武当挑起的，所以刘义必然是练成了什么神功。

终于，刘义出场了。

大家觉得，这才是真正在等待的一场比赛。而这次的盟主，就应该在这两个人当中产生。

台下武当的弟子一片雷动。

刘义很少出现在各种打斗里，主要是负责武当的管理。他在年轻时候，在武功上面有过不错的造诣，只可惜几乎没有人看过此人真正的本领。

刘义二话不说，上来就是一个扫堂腿，慧因轻轻跃起，果真似乎是有轻功一般，在空中腾空了不短时间，还未落地，就是一个转身的后踢腿，直接冲向刘义的眉心。

不想刘义左手将腿接住，右手顺势一滑，人一低头，就把慧因架在上面。

下面一片大叫。

慧因似乎也没有怎么样反抗，骑在刘义肩膀上没做什么。想来也是，你腿踢再高也踢不到那位置，而且一撒手，慧因就下来了。

刘义却出人意料顺势倒地，慧因也被摔下，但是依然稳稳地站在地上。刘义则又是一个扫堂腿，众人颇为惊讶，如此频繁使用同一个招式，高手中实属罕见。

慧因又一次高高腾起。

刘义的腿到一半就收了，手一撑地就腾到空中，对着慧因就是一掌。慧因侧身躲过那掌，推开刘义的手，直取心口。刘义也侧身，俩人就侧身在空中相望，同时落到地上。

刘义出人意料又是一个扫堂腿。这次慧因没有躲避，想来也不能用三次。扫堂腿正中慧因的脚掌，顿时如同时间静止一般，两个人的动作都停了。

大家都屏住呼吸，想看台上到底发生了什么。

其实很简单，两个人的脚都很硬，各自疼了些许时间。

等互相疼完以后，刘义马上用出太极。太极是难以名状的拳，到现在没有什么特别能够相克的拳路。但以慧因的本事，绝对可以一招挡一招，看见以后再想对策，在实战中，这绝对是一种更有用的战术。

江湖上流传一种说法，我和师父都不是很同意，就是一拳克一拳，比如我练的是螳螂拳，但据说猴拳可以克螳螂拳。这绝对是没有依据的，倘若真如此，那江湖不用打的，用嘴说就可以，两人相见，互报拳法，然后认输。各种拳法都是强身健体老来延寿的东西，江湖就是速度、力量和兵器的竞争。

师父教拳术，也有套路，但是最多只是相连两三招而已，那样才能随机应变，少林拳也发展出很多短的套路。武当的太极是一套长拳，越来越不适用于现代的斗争，但是幸好武当的暗器演变得很快，成为江湖里暗器最强大的一个帮派，可这次居然自己规定自己不能用暗器，真是使人费解。

台上刘义不断用短招进攻，都被慧因一一化解。

两人打得很是热闹，一时难分上下，但是慧因显得更加面色轻松。忽然间，我大喊：不好!

喜乐和师父同时问我怎么回事。

我说：中了暗器。

师父问：是刘义的?

我说：不是，是从台下来的。非常之快、准、隐蔽，我几乎都没有发现。

师父点点头，问：有没有毒?

我说：不是很清楚。

师父一拍我的肩，上到台当中。

台下纷纷开骂，意思是师父太心急了，至少要等一个下来以后再上去。

师父在慧因面前耳语几句。老人就匆匆下台。

台下开始混乱。

刘义站在台上，显得很迷惑。

不一会儿，擂管上来，说，刘义一派，因使用暗器，被取消了资格。

这下下面几乎失控，大家纷纷想上来拷问擂管。

擂管说：在少林长老的身上发现了暗器痕迹，所以大家成绩都不算，重新开擂。

由于已经到了这水平，更加没有人敢上去。

这时候有一长衣男子风度不凡上台，叉腰俯视台下。

喜乐惊叫道：你看，万永。

我一看，果然是他。这是喜乐第一次先于我看清楚一个事物。

万永说：没有上台的吗?

武当的刘义不服气，又跳上去，问台下：我为人坦荡，绝不会暗中伤害慧因。所以，这资格，我还有！

台下无数武当弟子高喊：有有有！

刘义和万永互相碰剑，然后决定，这次大家使用兵器。

还没定过神来，两把剑瞬间出鞘。

但我清楚地看见，在出剑同时，万永的剑上喷出几颗细小水滴。

这是有毒的。我对喜乐说。

喜乐问：什么是有毒的？

我说：万永剑上有东西。

喜乐说：真卑鄙啊。

此刻我突然感觉到喜乐对我的一种说什么是什么的信任。

事实证明我没有胡说，没比画几下，刘义自己就套路大乱，溃不成军。台下人都觉得真是一山比一山高，刘义至少和慧因打了不少回合，但是不到两个回合，就败在这人手里，顿时人心惶惶。

万永说：好了，没人上来了吧？

我咬牙道：没想到如此卑鄙，当初还没看出来，只以为是不错的人。幸好没有深交。

喜乐说：你别想着自己要上去啊。

我说：对，我可以上去。

喜乐说：不要，会变成众矢之的的。

我说：不怕，我也不当什么盟主，把万永拉下来再说。

喜乐问：你是不是以前不小心输过一次所以心里一直不开心啊。

我说：不是，我还输给那老头儿了呢。只要活着，输赢都是一时的。

师父挥挥手说：去吧，少林的还是要归少林。

我走到台前，不知道从哪里上去。旁边的大喊：跳上去，都是跳上去的。我纵身一跳，万永看到我，微微吃惊一下。

我说：好久不见。

万永说：听说你一直在各个城池间走动。

我说：这真是迫不得已。上次领教，这次甘愿再来领教，比什么？

万永说：剑。

我说：好。

万永说着正要抽出剑。我一把按住，说：远点远点，我怕剑气伤到我。

万永寓意深刻地看了我一眼，退到角落里。

万永抽出剑，我突然发现，那便是我和喜乐当在店里的灵。

我想，这下要注意暗器了。

万永缓缓向我靠近，对我说：出剑。

我说：等等。我的剑不出鞘。

这时候，台下有人认出万永用的剑，一下传开。失落许久的灵，又重新出现了，还是似乎有着逼人的气势。

万永说：莫怪我。

说着一剑过来。我站在原地，用剑鞘拨过那一剑，两样兵器居然都没有磨出巨响，只碰擦出一阵火花。

我脑子里只是在想为什么被抢去的灵会在万永的手里，虽然这把剑在我心里已经没有神圣的意义了，但是我实在不想让人觉得，朝代已经前进，当年无灵传天下的神器已经落伍了。这会让人觉得连同一个朝代已经过去了。而这着实让人觉得无常。

我很从容地躲避着万永的剑，说实话，他的剑法很是一般，上回打输掉只是因为人太多，我一时间看花了眼，属于意外。我想如果早知道是这样他当时一定不会再救我。我在外头的时间不算短，只是似乎从来没有要结识各种江湖人士的想法，想来这实在是一件很麻烦的事情，要判断此人是好人坏人也需要多年时间，何况在这年代，弄明白什么是好坏也要多年时间。

我一边想一边不经心地挡着万永的剑，其间始终剑不出鞘。这让旁人看来应该很害怕。我又想起多年前师父说起过的一场比武，那场比武不是为了什么盟主，只是一帮平时舞剑弄棍的江湖人，想要分出一个高低设下的一个擂台而已，最先上去守擂的是当时江湖里有名的无敌剑，当然由于年代久远，已经搞不清楚是自称还是人称的，而往往人称什么什么的都是自己偷偷称出去的。此人果然骁勇善战，连续打了三十多个擂，无人可胜，不幸的是最终累死。

我想，真是搞不清楚江湖里哪来这么多无敌什么的，这是其一。但最让人觉得疑惑的是，他们都是怎么死的。

万永似乎已经无心恋战，只见他对台下人说：这样，我们如此斗剑也不公平，你剑不出鞘，我也没有用尽全力，倘若我胜了，也不光彩，怎么能让江湖信服。不如这样，我也剑不出鞘，用尽全力与你比试。

说完，万永就缓缓将剑收入鞘内，并齐胸举起，示意台下。

我想，这该如何收场？不得已只能将其战胜。

当万永将剑示意到我面前的时候，突然有一个意识在我脑中闪过，果然我看见如同老头儿说的，一支极其快的毒针从鞘中射出，快到只能看见它出来了，之后就如若无物。没想到这小子这么歹毒。

我忙侧身躲开，不料用力过度，摔倒在地。

台下又哗然。

想来台下也应该是这样反应。万永只是用那剑对着我，我就滑倒在地，在我看来就像被传说里照妖镜照出原形一般狼狈。而且我也不知道我有没有身中暗器。

万永露出一笑，说：方才大侠们挥汗如雨，擂台上难免湿滑，还请小心。

我心里顿时气愤，想爬起来照葫芦画瓢，也给他那么一下，然后说：看，我也有。

但是我觉得，以后能不能再找到那老头儿也未必，用在这里，似乎浪费，因为还不到千钧一发的时刻。我愤然抽出剑，说：来呀！

顿时，万永的灵断成两截，掉在红毯上。

台下鸦雀无声。

万永瞪大眼睛看着我，应该说是看着我的剑，然后又看看地上的剑，再看看手里的匕首，摇摇头走下擂台。

对我来说，只是想抽出剑开始决斗，不想刚抽出来已经结束，不得不马上插回去。

擂管上来询问台下多次，并且在短时间内已经学乖，宣布我获胜的时候躲在一边。我深切感到一切盟主都是假的，因为还打不过一个做剑的呢。况且，我觉得四周的氛围又有点不对。

我扫视四周，明显我这次比较得人心，四周射向我的暗器不过三十余个，我抽出剑也没看，向背后一挥，顿时丁零当啷掉下来不少小东西。

我想，这剑太邪乎了。

盟主该是这把剑。

之后便是更衣，闲人散场，我和各个帮派的要人聚在雪山下驿站的一间密室内。林林总总三十多人，慧因和师父都在场。我上前问师父：喜乐呢？

师父说：放心，喜乐和小扁一起，在外头等我们。

我说：她不会武功，一个人安全吗？

师父说：我叫了不少少林的弟子跟随着，没事。

突然传来整齐的声音：盟主请入座。

我看见最高处有一张巨大的椅子，披着不知名的好毛皮。我看看师父，师父说：上去坐。我缓步上前，坐下后扶着扶手，看看下面，几乎都是叫得上名来江湖里最大帮派的帮主，一丝感慨油然而生。

我正襟危坐半天，说出我当上盟主以后的第一句话：这盟主是干什么的啊？

一老头儿语气垂弱地说：这盟主，历来就有，只是近朝江湖人心不一，所以没能继续。盟主一年一任，来年续任的时候，要再经过比武和举荐。盟主要使江湖一心，使武林光大。盟主堂在雪邦的向安街，盟主可以常居此堂，每年武林各帮派依照大小需供活动经费，只有盟主可以调动此钱，但是需写出去向，以在来年服人。

我说：就这些？

老头儿说：容我喘口气。所有武林各帮派在外的百人以上活动，必须经过盟主同意，盟主还需同朝廷建好关系，为武林争取更大荣誉……

听了不知道多少时候，终于，老头儿说：大家高呼盟主。

下面人一起高喊一声“盟主”，但眼睛分明都盯着这把剑。

然后就开始乱哄哄了，有来恭喜少林的，有来客套的，还有上来套我近乎的。飞鹰的人问刘义：你们准备得也不好啊，怎么弄了这么一个比武，结果还是让少林给赢去了啊？

刘义说：你这话就没水平了，盟主是为大家着想的，是武林里武功最高之人，又不是图帮派私利要消灭其他帮派的，这样，盟主也没的当，况且，这次大比武又不是我们武当组织的。

众人都围过来说：刘兄，不是都说是武当弄的嘛，说要恢复以前江湖的盟主制。

刘义顿时说出和上句意境不符的话：倘若真是我武当弄的，怎能规定不使用暗器，而且你看我们也没赢。上回的确是我们武当挑的头，刘云弟弟武功也在我之上，暗器又是江湖一绝，这不赢了没算吗。有人不是来阴的吗。

那人说：不一样啊，上回就是你们武当和少林的比试，这次是全武林的，我们都以为是武当挑的头呢。

刘义说：我还以为是少林挑的头呢，少林不是出了事情吗，江湖上的人都说是我们武当干的，我还认为是少林为了证明自己武功天下第一高的呢。

慧因说：老衲说一句，我们少林武功，只是为强身健体，这结集江湖，你死我活，实在不是少林所为。而少林出的事情，我们正在查，事情没弄明白，寺庙还需重建，怎么会想要弄这些事情?

刘义说：那倘若是我们武当所为，怎会无备而来，怎么都要等我等练成一个什么神功才行啊。

大家面面相觑，问：那到底是谁搞的这次比武?

这第一次的盟主会就这样散了。我和师父走出驿站，来到拴马处，此处许多人，而且不少都在争吵，我觉得奇怪，上前一看。争吵的人发现是我，顿时停下来，纷纷叫盟主。我问：怎么了?

说：那马明明是我的，他说是他的。

我心想找喜乐要紧，而且此事属于疑难杂案，刚想说那我也没办法，你们只能继续吵，被师父一个手势拦住，问：怎么说这马是你的?

那人说：我家马是黑的。

师父说：那匹不也是黑的。

那人说：是啊，可是就是看着不像。

师父说：你叫唤那马，那马不回应吗？

那人说：哪能啊，刚买了两天，还不熟悉呢。

师父说：那让那人叫叫马。

那人说：那人更不回应了，刚买了一天。

师父说：这两匹马都是好马，你们随便牵吧。

说罢就走，我一路跟着。师父问：你那马呢？

我说：在那头。

我看见一路上大家都在纷纷认自己的马，但看见我之后都满怀恭敬和羡慕，还都叫我盟主。我只能一一打招呼，到了拴马场那头，看见小扁孤零零地站在那儿。

我忙跑上前去，牵着小扁，四下找寻。

众人惊呼：这就是盟主的马啊。

有说：盟主年少有为，盟主的马也真是年少有为啊。

有说：盟主的马真是别具一格啊。

有说：这马肯定不是寻常之马，是新品种，跑得快着呢。

有说：这马和我们常人的都不一样，真不愧是盟主啊。

我已经无暇听这些马屁，在人群里找寻有没有姑娘。

师父也帮着寻找。我看视线内似乎没有，看见人就问：你有没有见过姑娘？

四周又是一片议论：这里怎么会有姑娘？

有说：盟主果然是性情中人，刚当盟主就开始找姑娘。

有说：盟主真是出于少林高于少林啊，在这就开始找姑娘。

师父看见一个一起前来的少林弟子，抓住就问：让你们看着的人呢？

那人说：后来来了一人，说是盟主——释然师兄要让她过去，就带走了。

师父叹口气。

我顿时茫然道：谁干的？

师父说：既然知道是你的人，带走了自然不会伤害，你放心，人家肯定会找你，和你谈条件。你就等着吧，到时候再解救也不迟。

我不言语，在屋里等人散尽。

场地上空无一人，空有马粪。

我想，喜乐是一个姑娘，如果受到欺负，过沙一幕肯定又要重演，什么盟主不盟主都不重要。

我忧心忡忡，和师父回到了雪邦。但是此雪邦已经不是彼雪邦，佩剑的人到处走，满街粗言粗语，而且随时都有被马践踏死的可能。我想，若我身为老百姓，肯定希望天天决盟主。我不断扫视四周，第一次发现我的眼睛其实还是不够用，因我还是希望在茫茫人海里找到喜乐。

我和师父来到僻静的茶馆。小二端来热气腾腾的两杯茶，热气迅速化在窗外肆虐的寒风里，听声音似乎远处还有风沙，我想，应该是一片落叶也不会有了。

我问师父：师父，我只是想知道，寺里到底怎么了。

师父说：那次我和方丈还有你师兄，正好去一个地方，回来就看见了这场景。

我问：那么说，方丈和师兄都没有事情。

师父说：对，方丈在养病。他受打击太大，已经不能用佛经来抚平。

我说：那怎么可能有人能在一夜之间做出这样的事情。有不少武功很高强的前辈都在啊。除非他下毒。

师父说：对，是下毒。是比原来更烈的灭城毒。

我说：怎么下的？

师父说：我不知道。朝廷正在查。

我说：那次我听说有事，就和喜乐——

说到喜乐，我心里顿时开始慌乱，我想，此时候喜乐在做什么，说不定正在宁死不屈地抗争，被敌人一次又一次用凉水泼醒，并说，打死我也不会招的。可是，她又有什么好招的呢。应该无事。

我继续说：这次我也是不知，最后才打听到有这样一场比武，只是想去看看，知道一些事情。不想还是这结果。

师父说：所谓盟，便是一心，江湖远没一心，所以就不存在盟主。

我问：那这次是谁搞的？

师父说：大家都以为是武当，现在看来似乎不是，也不可能是什么别的小帮派。我觉得突然间江湖里很多事情都比以前更难知道真相，似乎有什么神秘的大力量开始夹杂其中。谁知道。

我说：师父，当初，你让我下山，我下山，我去了长安，去了逐城，也被不少人追杀，也不知道是要去做什么。

师父说：不做什么，只是把你放出来。

我问：你终究是我师父，那现在我还要做什么？

师父大笑道：做你的盟主啊。

我大笑说：这盟主是什么啊，就挥了一下剑而已。

师父说：让我看看你的剑。

我把剑送上去。师父仔细看了看剑鞘，说：是那个人做的。

我问：谁？

师父说：你应该知道。

我说：是，是一个老头儿，很怪，但是身手很好，出手极快。似乎不是很在意很多事情，并且有些迷糊。

师父说：不迷糊不迷糊，他要是迷糊的话，这剑不就在万永手里了吗？

我突然想起什么，说：我在去长安路上不远就碰到万永，当时我中了他的招，在他山庄里休养了几天，没觉得会是今天这样。

师父说：万永这人，和朝廷有很大的关系，他父亲就是朝廷要人。至于其中关键是什么，就没人说得清楚了。

我喃喃说：朝廷……

师父说：告诉你一件事情，十多年来你从来不知道的。你师兄的事情，他也从来不知道。现在是大家都能知道的时候了。

我问：有传说他是皇子？

师父说：没错。事情要从很多年前讲起。释空是当今皇帝和一个爱妃的儿子，此妃子很招皇后的憎恨。释空要生下来的时候，妃子知道了皇后计划要毒死这孩子，便派人托付寺里。而皇帝也知道此事，但是皇后是邻国的大公主，所以皇帝也不好办，说通了太医，宣称是胎死腹中，所以才躲过一劫。后来皇后生的都是女儿，一直不服气，而且生子心切，一直要生，结果还是女儿。据说后来皇帝将近一年没有幸临她，而她却又生出一个，事情闹出来，请来一个学士，居然说是天佑皇后，不属凡人，无须房事，便可自行生子，事情就不了了之。后来邻国衰败，皇后才被废黜。现在是时候把释空接回去了。

我听得恍惚，说：哦。

师父说：皇帝身体虚弱，可能时日无多。你师兄现在是太子，但是也必须有所作为才能继位，因为皇子不少，而且他从小不在宫里长大，难免受些质疑。

我说：难怪他从小和我们不一样，没那么爱吃菜，原来是天子。

师父说：他的身世，我们极为保密，但是传说还是难免的。

我说：而且很准，几乎就是一样的，我都怀疑师父你是听来的。

师父笑道：是啊，八九不离十，才能被传说。传说只是把一件事情传大而已，其实很多时候本质还是存在的。况且不大，怎么能做到口口相传？

我说：那我倒是可以去宫里找到师兄，让他帮忙找喜乐。

师父说：在你小时候我就知道你不是当盟主帮主的料。当这些，是只能玩弄女人，不能被女人左右。

我说：我本来就没想当过。我只是一直很恍惚。

师父说：你的身世是这样的，我们不知道你的父母是谁，只是根据佛书里的记载才找到的你。你当时刚刚出生，不能皈依我佛，这是注定。你能改变很多事情，谁都希望可以有改变事情和不被别人改变的愿望。

我听得更加恍惚。

师父说：到最后，你是一个不被任何事情改变的人。少林不会运用这力量。少林找到你，只是希望不要让别的帮派拥有这力量。相安无事，天地长久，岁月静好，总是好事。

我说：那么说——

师父说：不存在那么说。你是一个注定的天数。

我说：如果我注定，那别的事情不是也就已经注定？

师父说：不是，时空是不同的，你之所以能看见很多事情，是因为你的时空和别人的时空不一样。时空不是时间和空间，是去除时间的一个空间。你在这个空间里是永恒不动、永世轮回的，而且在这个空间里就只有你一个人，所以说，你是注定的。当你去到更深的空间里，你就可以看见更多的东西，你能看见人的内心，你能看见人的灵魂，你能看见刚死去的人对着自己的尸体放声大笑，而不是刚死去的尸体对着自己的人放声大笑。佛，便是这个空间里的人，而他能改变别的空间是因为他能和鬼魂说话。你是唯一一个在最中间的空间里的人。

我说：那倘若我瞎了呢?

师父说：你可以现在就挖出自己的眼睛试试。你注定是瞎不掉的。

我说：可是我觉得这是我自己能控制的事情。

师父说：不要争。

我说：我不是争，只是我觉得自己是一个普通的人，不像你说得那样，也没有神圣。我拿到这剑以后很开心，杀了不少人也没内疚，几乎和江湖里的混混没有什么区别。我也很焦急喜乐的下落。

师父说：慢慢慢慢你就知道。包括和喜乐也是如此。

我问：我和喜乐究竟是——

师父说：男女的感情，我们说是红尘，是因为它不具体，会散去，你和喜乐也不是男女的感情，是寄托。寄托未必不好，它大多时候比男女的感情还要重。

我说：我也管不了那么多。我想，师父，你同我去盟主堂，我想，那里应该有关于喜乐的消息。

我和师父在凄凉的街上寻找盟主堂。冬景浮现，北风阵阵。我想，要添衣服了。这世界多大，大到能找不到一个人。雪邦想来是会下雪，只是还不知道那天身边是什么情景。我想，不可预测真是痛苦，我情愿做一个先知，知道一切事情。

师父说：先知是丝毫没有乐趣的，他从成为先知的那一天起，就肯定会做一件事情，人总是被好奇心害一辈子。当这先知不幸做了并先知这件事情以后，他的生命，其实就是在等死而已。

我问：什么事情？

师父说：从前你没那么愚笨的。你真是心事重重啊。

我说：先知肯定会预测什么时候自己死去吧？

师父说：对。这就是为什么先知再神还是只在人世间，也是先知和神仙唯一只差一步的地方。

我问：那你要我找的那位大师呢？

师父说：你只是找，即可。

我问：那做兵器的老头儿算不算？

师父说：他不是先知，也不是大师，他是工程师。

我问：那他在哪个城市？

师父说：他在每个地方等你。

我迷糊了。瞬间，我觉得，我的剑是最清醒的。

走着走着，终于到了盟主堂，已经有人在门口把守。我和师父一起进去，俩把守恭敬地叫我盟主。走进屋里，发现堂中正中央有一张巨大的椅子，旁边是冬天的衣服。

我问：有没有给女人准备的？

忙上来一人说：没考虑到盟主会是一个女的，所以没准备。

我说：那你去找一身一样的，女的穿的。

那人说：是。盟主，还有一封你的信。

我忙打开看，只见上面写道：

想找到你女人，速来逐城永朝山庄。

我马上对师父说：师父，我要走了，去逐城。

师父说：好，我放心。你的命都写在书里呢。此次肯定无恙。我留在这里，要走动关于重建寺的事情。等你带喜乐回到雪邦，为师再为你接风。

我谢过师父，披上冬衣，骑上小扁要走。

突然一个手下拦住我说：盟主，我知道你武艺高强，但是要配合你的气度非凡，朝廷特送了一匹顶尖汗血马，是马王。

我动心不已，但一想到当救出喜乐后，喜乐一定高兴看到小扁，所以说：下次吧。我骑惯了这小马，换个高的，我怕不能驾驭。

手下说：希望盟主以后能改口，不要称我，要称本盟主。

我说：好，本盟主害怕骑大马，小马足矣。

星夜直奔逐城。

7

这是我赶路最快的一次，不仅仅是担心喜乐的安危，而且也因为喜乐不在。女人总是拖慢事情的进度。小扁似乎没有从前那么可爱，但是越来越专业。穿越一个个城池小镇似乎只在须臾之间，而气候甚至越走越暖。当两天后到达逐城，树上甚至还挂有几片叶子。

这一路，我才明白盟主是用来干什么的。首先，盟主住客栈不用花钱，难怪这么多说好听了是四海为家说难听了是无家可归的江湖人士拼死拼活要当盟主。

只是万永实在是卑鄙的人，没想到比武输掉不说，还做出这样卑鄙下流的事情。我在想他会提出什么条件，什么都可以，盟主不做也可以，况且不知道怎么样稀里糊涂做上盟主的我，就位以后发生和需要解决的第一件事情居然就是女人被绑架了，真是一个无法传颂的开头。

当我一路不停歇地去往逐城的时候我突然有种奇妙感觉，发现有的时候一个人也是很有意思的一件事情。但是，我深信，是有的时候，就是偶然。孤独的剑客应该只是看上去孤独而已。

我感觉不消片刻就到了逐城。又到逐城，一切都变得熟悉，很快就到了永朝山庄，没有让人传话就被直接请了过来。

万永已经等候我多时。

我开门见山道：喜乐呢？

万永说：放心，她一切都好。

我说：你为什么要做这个，太不君子了。

万永说：你错了，我恰恰是太君子，才做这个。

我说：怎么说？

万永说：其中太复杂，不方便对你说。

我说：不方便对我说是真的，复杂是假的吧？

万永说：不瞒你说，我把你逼到我山庄，是要让你答应一件事情。

我说：你说。

万永说：答应了这事情，喜乐就放出来归你。

我说：说。

万永说：就是不要当这盟主了。

我说：可以。

万永微微吃惊，说：为什么这么爽快？

我说：因为我就不是为了当盟主才去比武的。

万永说：我这是为你好。

我暗笑两声，说：好，那谁当盟主？

万永说：我。

我说：你怎么让江湖信服？

万永说：那就要你配合，你要消失一段时间。

我说：你让我消失我就消失，那太没尊严了。

万永说：这是为你好。你自然会知道。谁当这盟主都是死，除了我，因为这位置本来就是我的，这比武也是我发起的。

我说：看来这位置非是你的不可。你是很想当盟主啊。

万永哈哈大笑说：这不都是空的。武功比我等高的多的是。

我说：是啊，你剑在鞘内的时候比剑出鞘的时候厉害多了。

万永又哈哈大笑说：我只是好奇，这灵的秘密，你能不能躲过去。

我说：那如果躲不过去，是不是要死在你的好奇心里？

万永说：怎么会，我有的是解药。

我说：灵为什么在你这里？

万永说：说来话长，一言半语说不清楚。

我说：我看也很难说清楚。你也知道，少林是被灭城毒害的，但是灭城毒好像只有你们山庄有。

万永说：我就知道你会这么说。这事情没有这么简单，大家都知道只有我有灭城毒，那我用灭城毒来毒死你们少林，那我岂不是很笨。

我说：不多说了，喜乐呢？

万永招呼道：把姑娘请上来。

一帮人退下去带喜乐了。

万永说：友谊归友谊，有些事情，太复杂，你不要搅在其中，我们说好，你带着姑娘，消失在江湖里，最好不要出现。不管发生什么事情，都不关你的事情。不管有什么困难，到山庄来找我，我都会支援你。只要你不出现在江湖里。你已经没有必要出现了，实话告诉你，盟主这位置，谁坐谁死。你已经有一把这么好的剑，一切足矣。过日子去吧，像我和你决斗时用的那把剑的主人一样。

我说：我不需要你帮什么。在雪邦的时候，我让人给喜乐去做过冬的衣服，我希望能拿到这些衣服。

万永说：你现在不要去雪邦，尤其不要去盟主堂。为这些小事送命，多么不值。我不骗你。

我说：好，那我连雪邦都不去。

万永说：好。

这时候，喜乐被领上来了，看到我就冲了上来，哭泣不止。

我仰头问：你没有对她做什么吧？否则——我手扶了扶腰间的剑。

万永哈哈大笑说：你把我看成什么人了。我是做大事业的，什么样的女人，只要会有麻烦，都犯不着碰一下。

我说：好，我现在就走。

万永说：等等。

说完让人给我一个袋子。我掷在地上，说：不要。

他说：你拿着，日后你就会需要。

我说：不可能。

我拖着喜乐头也不回地往外走。

喜乐说：我以为再也见不到你了。

我说：怎么可能。

喜乐问：我怎么在万永的山庄里？

我说：你难道不知道？

喜乐说：我不知道。

我停下脚步，看看身后，说：再不来这鬼地方了。

喜乐紧紧依着，问：小扁呢？

我说：在门口。

喜乐说：还好什么都没发生。我梦见小扁死了。

我说：它还活着。它吃那么多，长那么小，营养一定过剩得厉害，放心，死不了。

喜乐说：我一直很害怕，从醒来以后。

我问：你什么时候醒来的？

喜乐说：就刚刚，一炷香前。

我问：怎么回事？

说到这里我们就到了门口。喜乐远远就听到小扁叫，激动万分，上前搂住马脖子，差点哭出来。幸亏最后泪水没有掉下来，否则我就和马是一个地位了。

我们再转身看着夕阳里的永朝山庄，百感交集。

到了逐城，找到一个充饥和小坐的地方，外面下起冬雨。我一向讨厌下雨，因为这让我的鞋子变得很湿。

街上已经没有行人，店里有微弱的光芒摇曳。我看着喜乐，在哈气已经成雾气的时候，觉得异常温暖。

我问：喜乐，怎么回事？

喜乐说：你当上盟主后，我就在小扁那里等你，结果有几人上来说你让我过去会见各位长老，我就跟着一起去了。拐了几个弯儿，我说，不是这路。然后我就什么都不知道了。

我问：那你住在哪里？

喜乐说：我什么都不知道，我都以为我死了。醒来时，我发现自己在一个很好的房里，还有很多女人伺候换衣服什么的。

我叹气说：你没事就好。

喜乐说：万永为什么绑我。他要什么条件和你换？

我说：他要我消失不见，越久越好。

喜乐说：然后他做盟主？

我说：对。

喜乐说：那也很好。这样，你也没有什么要做的了。

我说：我觉得也是。我想问问师父。

喜乐说：师父在哪儿？

我说：应该在雪邦。不过我们也许应该先去长安，看看那老头儿。他总是知道些什么。

喜乐说：我不知道你总是想要知道什么。

我说：我若知道，我就不用处处寻求了。

喜乐说：你答应了万永的。

我说：我想，其实我可以反悔，回到雪邦，继续做我的盟主，看好你，别让你再给绑了。只是有一句话很奇怪，他说，除了他，任何人坐这个位置，结果都是死。

喜乐说：你可以当是吓唬你，也可以当是真的。只是我知道你如果真开始做所谓的盟主，肯定要有很多麻烦事情，不是我们能想象的。

我说：我没想过这个。只是我知道，事情总有点蹊跷。

喜乐说：是啊，事情总是有点蹊跷。

这时候，有人到我们身边，放下一封信件，低头匆匆离开。

信件上面署了一个“万”字。

我打开信件，首先抖出来的是一张有效的银票，足足一千两。然后是一张纸，上面写：

朝廷行为，速速抽身，莫去雪邦，看完对折。

我给喜乐看过，喜乐问：我都看得明白，可是什么叫看完对折呢？

我边对折边说：就是看完以后对折起来，好好保存。

两片纸碰到一块儿的时候，突然蹿出一团火焰，字条顿时化为灰烬。

我和喜乐吓了一跳，几乎忘记字条上的内容，半天回忆过来。我喃喃道：朝廷行为，朝廷行为是什么？

喜乐说：不知道，只知道皇帝来都住永朝。

我说：是，他的家世不就是给朝廷做——

我想半天想不出合适的词语，问：喜乐，你说呢，我听你的，这次。

喜乐问：你能不能像无灵那人一样，隐居在江湖里？

我说：我和他不一样，他是自己身上发生太多事情，已经疲倦。我是还不知道很多事情，想要知道。

喜乐说：你可以偷偷知道，做盟主后，反而就什么都不知道了。你不记得，我们一路上，多少人要拿我们性命，到现在都不知道他们是谁。

我说：可能大家只是好奇，都来试试我的眼睛是不是好使。

喜乐说：我什么都听你的。

那天我们终于决定，退出这刚起争端的纷争。想来喜乐是盼望这一刻盼望了很久，她失眠了很多个晚上只为想我们要把房子竖在哪里。

有一点很奇怪，虽然没少血光之灾，但是似乎一路上都不缺银两花，最后还剩下不少，足够过很大一阵子。对于这样的结局，喜乐是预谋已久的。我开始考虑，一个女子，需要的是什么？而自己需要的，似乎还没在混沌之中形成。既然这样，先成全别人，也未尝不可。而且，一切在于心中想为，而不是当前行为。我想，我只是年少好奇而已。而喜乐，可能只是害怕我年少太好奇罢了。

8

两年后。

是年，非旱即涝，天下大荒，皇帝病死，太子即位。比起我记忆中在寺庙里带进喜乐的那场，更加凄凉混乱。那年的大灾，带来了喜乐。这究竟是一个如何的姑娘，我已经失去判断，如同以前所说，她偷了万永号称万能的解药，对于这样猥琐的行为，我内心深处却是大为赞赏，我假装认可了她内心深处的想法。正是所谓的一切在于心中想为，而不是当前行为。

我可以这样说这年的灾乱、中原遍地已经是人吃人的情形，而且大家都已经吃红了眼，吃出了一个恶性循环。瘦的人，没人吃，只挑有肉的；吃了肉，自己有点肉了，一个不小心就给别人吃了。我想，一切的所谓文明和秩序，都是温饱之后的事情，而似乎难以生存的时候，原来看似不错的世界居然是如此没有人性。我想，和喜乐当初的决定是对的。不管万永说的是不是真的，永远都要在自己的世界里看着这世界发生的事情。我暗自庆幸，自己不是其中的一员。

喜乐死后一年，我才缓缓确切知道，这样唯一亲密无间的一个人，是完全消失了。

无论如何，这是快乐的一年。我学会把自己置身事外，听自己的一些故事。江湖是没弄明白，为什么他们的盟主，希望可以均衡强弱的盟主，突然就消失了。我对此从来无所谓，我宁愿相信我是被万永的一席话给吓跑的。

盟主消失了自然又是一件大事情，大家都觉得，盟主是被杀了。万永因为在擂台上也站到了最后，而且没有任何的帮派背景，所以大家都一致举荐他。万永也为所谓的全江湖，在朝廷谋得了一些利益。第一件事情居然是朝廷答应了，凡是百人以上大帮派的帮主，可以佩刀剑在长安行走，但是，拔出必须经过朝廷的批准。就这个，江湖老大已经开心得不得了，并严禁手下佩剑，要不怎能凸显尊贵。我发现，江湖人士的脑子，都是不好使的，可见，整天的争斗，是完全没有意义的。民生问题，其实就是两种人给闹的，一种就是没吃饱饿的，一种就是吃太饱撑的。而这一年，包括万永在内不管谁，都没有办法，连江湖上飘的人都饿得不行，良马基本上都被吃光了。应该说，习武的人，应当拥有的是最好的马，连他们都纷纷开始吃马，也难怪，如果你不吃了自己的马，那一不小心没拴好就给别人吃了。

我已经不能回想当时惨痛的情景，使人知道世间的事情只是人类的一个游戏，而人类只是上天的一个游戏。整整半年不下雨，已经是奇迹，终于下雨了，居然下了半年雨，一直。

大家说，这是天子做错事情，上天迁怒到老百姓头上。我想，朝廷是无过无失的。但这次的问题已经不是开国库能够解决得了的了。这半年的雨水到现在还没有停，而我只是在长安街拐角的那破屋子里，面对满屋子的兵器，等待那老头儿来告诉我一些事情。这屋子里已经很久没有人来过，到处都是蜘蛛网。想来他也是老死了。

出了屋子，听到满街的呻吟声，都是饿的和病的，并且时不时可以看见死人。大家猜测，这国家是不是快完蛋了？我想应该不是，因为朝廷再衰败也是朝廷，改朝换代需要有人推翻，但现在人人饿成那样，唯一还吃得饱过得舒坦的就是宫里的人了。

长安尚且这样，我想还是应该回到住的地方。那里还有人在等我。

两年前，我和喜乐带了不少盘缠来到长安的郊外。一片树林深处的一个地方，喜乐一眼就喜欢了，因为忽然间有条河从旁边穿过，而且围绕这条河有大片草地。喜乐说：我觉得，这个地方很好。

我说：你可想清楚了，一个地方好不好，不是白天说了算的，我们天天晚上要在这里睡觉，你一定要知道，晚上害怕不害怕。

喜乐说：你武功这么好，我害怕什么啊。

我说：我武功可不好，我就是剑快。

喜乐说：怎么了，吃饭的时候听见的闲话你还很放在心上啊？

我说：其实我一直想扔掉这剑，但是我的内心却不想扔掉。这实在很矛盾，都是内心的想法。好歹，留着还能劈劈柴。

喜乐说：我从小就和你在一起，但是一点都不知道你在想什么。

我说：是啊，我也不知道我在想什么，师父说，我是他们根据佛书记载找来的人，有很多特别之处，我自己却一点都不觉得。我觉得自己是一个没有性格的人。

喜乐说：你在寺庙里时间太长，你现在可以培养性格啊。

我哈哈大笑说：相反，我觉得我在寺庙里的时候很有性格，可能大家都没性格吧。出来以后发现江湖上的人都那么有性格。我觉得自己一点都没有特殊，越来越不知道自己要做什么。喜乐说：江湖上的人才是最没性格的，是实在太傻才与众不同的。你们男人真复杂，还是我简单。

我说：喜乐，你想要做什么？

喜乐手往湖边一指，说：在这里盖房子。

我说：你决定了，不等晚上了？

喜乐说：我不要住客栈了，客栈太贵了，又不是自己的。

我说：那我就盖了，不是说盖就有的，还要住几天客栈的。

喜乐说：你盖吧，有盼头就可以了。你看小扁，它也很喜欢这地方呢。只见小扁正在专心吃草。

我说：这样。我先盖间简单的，你不喜欢可以随时换，喜欢就慢慢盖大，好不好？

喜乐说：好好好，现在就开始吧。

我说：好，这剑算是又派上用场了。

说完，我看着四周的树，自言自语：我要先砍哪棵呢？

喜乐说：那棵那棵，最大的那棵。

我说：师父说，大树都成精了。我看砍这棵吧，正壮年。

说着，我对着树抽出剑，说：就这棵了。

刚要上去砍，那树就倒下来了。我和喜乐怔在原地，小扁一阵欢快地小跑，上前去啃树叶。

我说：这剑——

喜乐说：我现在相信了，它真的很快。

我说：老头儿说了，你有杀气的时候，它就快。

喜乐说：你居然对着一棵树产生了杀气。

我说：这不是要砍了它吗。我还不知道究竟什么是杀气。以后有机会去长安问问那老头儿，想必他应该回去了。

喜乐说：你打算怎么对付这棵树？

我说：站远处砍。

说完一挥剑。顿时一阵尘土扬起，前方一片模糊。

喜乐说：你挥准点，什么都看不见了。

我和喜乐静静等待尘土降下。模模糊糊中，我似乎看见有人在不远处注视。我说：谁！喜乐顿时挨紧我。

那边没有声音。喜乐问我：什么都看不见啊。

我说：我看见了。我的眼睛不会看错东西。我感觉那边有一双眼睛瞪着我们。

喜乐突然想到什么，松开我，向尘土里飞奔。

我说：喜乐，危险。

喜乐头也没有回。

我捏紧剑，马上跟着跑过去。

只见喜乐抱着小扁到处检查。

喜乐责怪道：你从来不把我喜欢的当回事，你看看把它吓的。

我看看小扁，小扁目光呆滞，看着剑气来的地方一动不动。

我说：没事的，缓一缓就好。

喜乐说：才不是呢，你的剑那么快。说不定一转身，它就断成两截了。

我说：不会，你看。

说着我走上前，猛踹小扁一脚，小扁顿时号叫不已。

喜乐上前打我道：你干吗?

我说：证明它还活着。

喜乐把它牵开，说：不知道为什么，你拿着这剑，我心里就很不踏实。

我说：是啊，不拿这剑，我心里也很不踏实。

喜乐说：你以前不是都用自己的拳脚吗?

我说：是啊，可是，总是又方便又强大最好。

喜乐说：你和你们男人说吧，我带着小扁在河边，你自己慢慢劈。

三个时辰过去，我明白，这把绝世无双的剑的最终意义就是劈树，我不能想象在这么短的时间里能把搭造房梁用的木头准备齐全。喜乐已经依偎着小扁睡着。我突然希望等她醒来，房子已经完工。不过，这是不可能的，因为尚缺很多工具，需要进城购买。

我问：喜乐，我去城里买点东西，很快，你呢?

喜乐说：我和小扁在这里玩，我喜欢这地方，不想离开。

我说：那好，你等着。

喜乐说：你小心点，不要乱拔剑。

我说：我把剑留在你这里，来个狼什么的也可以防防身。

喜乐问：这里有狼吗?

我说：不一定。我是狼我就住这里。

喜乐眼神里露出担忧。

很简单的一个来回，大概两个时辰，我还带了不少吃的。这年大丰收，街上什么吃的都有，而且很便宜。到处都是一片喜气洋洋。但是听到一个传闻，让人毛骨悚然，就是刚刚选出来的新武林盟主被害死了。朝廷说，这是非法立党，要去抓人，结果被挡住了，说什么抓盟主要经过武林三大帮同意什么什么的，况且盟主不在雪邦什么什么的，后来整个盟主堂的人好像连同那个年轻的盟主一夜间就全给毒死了。

我想，又是一夜间毒死。

我突然想到万永说的话。其中真是很复杂。但是我只知道后来万永当了盟主，朝廷也再没去抓人。

什么盟主不盟主，真是到处不讨好的一个活，就是挺好听罢了，我想。我顿时觉得很轻松，低头出城，生怕那天去比武的人发现所谓盟主正背着一袋吃的不知道去哪里。我想，就当我死了吧，似乎总比和一个女人去过日子了好听。虽然无灵也是如此。

冬天总是天黑得很快。我有点儿心急，不知道喜乐会不会一个人吓死在密林里。幸好这不是很大片的树林。

我疾步回到树林前，发现似乎比想象的要恐怖，因为忽然多了一点雾气。

很快，我就迷路了。

我想起以前心里有过的不知道把喜乐葬到什么地方的想法，就不寒而栗，在树林里狂奔，并感觉不到一丝寒冷。我想，找到河就好了。可是无论我怎么奔跑，眼前景物似乎都是一样的，连我自己都觉得有点恐怖，下意识地摸了摸佩剑的地方，才突然想起剑已经给喜乐了。

我越跑越快，突然感觉到有些不对。抬头一看，只见眼前的空气突然分开了，并且有一道微微红色的气浪向我袭来。这是什么，我百思不得其解。

不过我眼前有棵大树，我想看看它碰到树是什么反应。还没看明白，树就一分为二了，我突然弄明白是我的剑，而喜乐应该就在前面。

我喊道：喜乐。并且侧身躲剑。

可是已经太晚，我感到自己是那么缓慢。一股冰凉的东西从我身体里穿过去，伴随着喜乐的尖叫。

我顿时明白，我应该马上要死了。

我看见喜乐站在原地，剑掉落到地上。没有想到居然是这样的死法，什么事情都没有完成似的，只是被大家戏弄了一场。

死究竟是什么啊，一直存在于我们的四周，和生紧紧相连，同时存在，却是矛盾的两个状态。只是喜乐，她会如何，我想，她应该不会再活下去。因为我死了。这是其一，然后，我还是她杀死的。

周围恢复平静。我想，我怎么还在乱想，这死的过程真是很长。我想象里应该是我看着身体已经分成两半的自己。

过了大概不少时间，我还是没有死。连喜乐都已经清醒过来，冲到我面前大哭不止。我活动活动手脚，抱着喜乐，觉得应该是已经过了分成两半的时间了，否则太恐怖了，喜乐就不用自杀了，当场可以吓死，因为一个朝夕相处的人突然在自己面前齐齐分开，并且一边一只眼睛看着你。

喜乐已经无法正常说话，只是断断续续表达她是如何害怕一个人在这里而幸亏一剑下去劈歪了否则就看不见我了她就当场自尽之类。

我心中暗自说：喜乐，这剑太准了，我都劈不了那么准，你是不是偷练来着？剑气是对着鼻子下去的，如果我死了，不光一边一只眼睛，还一边一个鼻孔，连牙都是对称的，真是一点都不歪。

我竟然没有死，也许正是因为砍到我的是喜乐吧。

半晌，我问喜乐：住这里害怕吗？我们换个繁华一点的地方吧，总要考虑晚上。

喜乐说：不怕。晚上我可以想白天漂亮的时候。而且，晚上我就跟着你了，你去哪里我去哪里。房子要只盖一间，在哪里都能互相看见。

我说：好。

喜乐突然颤抖一下。

我说：冷了吧。给你买了衣服。

我们生起篝火，度过寒冷冬夜。

我想，其实篝火是可以灭了的，因为似乎拥抱着就能取暖，依偎着便能生存。但是我无时无刻感觉总是依偎或者面对着的是自己的母亲或者姐姐。我想这是确切的感觉，但这是对不起喜乐的。

这是没有必要和喜乐交流的。互相不离不弃，已是男女间最高的感情。只是它分好多种而已，或者好多种过程而已。对于我和喜乐，这已经不是过程了，这是结果。

第二天。

风景突然又变回很安详美丽。一点都不能想象晚上是多么树影乱舞阴森恐怖。一样的事物只是时间环境有点变化居然是那么不同。不过无论如何，有我的眼睛，有我的剑，有我的力量，有我们的如同狗一样、有点风吹草动就会叫的小马，还有只有一间的结实屋子，在城池中和在荒林里是一样的。

第七天。

房子终于盖好了。由于没有经验，远看就像一个大长条，我想，就算是坏人在夜晚来到这里，渺无人烟的地方突然看见一口这么大的棺材，八成当场吓死。只是下雨怎么办，水从哪里排出去?

喜乐的意思是，管不了那么多了，下雨了就从房子里面排出去。只要床上是干的，就可以了。

旁边我盖了一个和屋子相通的小地方，是给小扁的。喜乐对此很满意，觉得我终于将她放在心上。因为我将她的马放在心上了。

喜乐说：真希望一直不下雨啊。

没有想到，她的话变成了一句魔咒。当时其实已经是天下大旱的一个开始。

我和喜乐的生活很安稳，每周都去城里买很多东西回来。她做的饭菜从来都很好吃，这也是我能长期留在这里的原因。我慢慢觉得，这屋子是最好的，而外头，就是冰天雪地的人间。

我们每天都完全没事可做，不得不想出很多事情打发时间，这着实是有意思的事情。比如说，把长毛的小扁修剪成各种形状；花三个月时间教小扁怎么把丢出去的东西叼回来；只恨不能亲自示范地教小扁看见我和喜乐要摇尾巴，总之有点让小扁扮演角色的意思。我想这对于它也不痛苦，而对于喜乐是其乐无穷的。我一度建议，我们可以去城里牵一只狗回来。喜乐坚决不同意，觉得这会降低对小扁的喜欢程度，而这是不道义的，因为这是一匹陪着我们走过很多危险都毫不退缩的马。我觉得，它是被逼无奈的。

而小扁的出处，早就在血洗少林的时候被摧毁了。

我和喜乐每天做的事情还有制作各种各样的让来犯的假想敌人陷入困境的陷阱。不过这实在是毫无乐趣可言的，对我来说。因为往往是喜乐出主意，我去实施，比如挖一个两人高的陷阱之类。这还不算，我还得假装掉下去，因为喜乐从来没看见过人掉陷阱里是什么模样。但这些都无可非议，因为她每天帮我做好吃的饭菜，陪我练剑，洗所有的衣物。

日子真是闲适得不行，就开始比试大家割草放成两堆，然后把小扁放出来，并且打赌它会吃哪一堆。

我发现，似乎完全没有原则的自己又有了一点变化，因为有一次，喜乐说我扮成武当的刘义，并牵着小扁。然后她纷纷扮成少林飞鹰峨嵋丐帮各派的掌门，要重金买这马，喜乐表演他们是如何对话的。

我当时想说：他们才不会做这么无聊的事呢。

可是出口却变成了：他们做的事真是无聊。

喜乐说：你是指买小扁吗？

我说：不是。

虽然在江湖里的人看来，现在的我似乎更加无聊。

我想，人生漫长，乐在其中就可以。这话和很多江湖里的人信奉的“人生苦短，及时行乐”似乎差不多。人生究竟是苦短还是漫长，这个问题好像很哲学。但我简单地觉得，这取决于当事人活多长。

这样的生活一直到有一天才被打乱。我已经忘记当时我们在做什么，因为我和喜乐做的事情着实太多，只是忽然间喜乐昏倒在地上。我当时很焦急，想了很多办法把她弄醒。问喜乐：你怎么了？

喜乐说：不知道，忽然就什么都不知道了。

我说：我们即刻就去城里最好的成寿堂看病。

喜乐说：没事，我觉得是我蹲着的时间太长了。我们要一直这样过下去呢，要节省银子，不能浪费。

我说：没关系，我可以去挣。

喜乐说：不行的。你一出去，肯定会被人发现，卷到很多风波里去。现在还不知道外面的人是怎么说你呢。

我说：不管怎样，下次去城里的时候，一定要去成寿堂。

后来的时间，喜乐似乎一直都假装很健壮，到了城里也活跃万分，致使我出城之后才想起要去看病的事情。喜乐推说已经出城了就算了，我强行拖着喜乐来到成寿堂。老医生一把脉说：恭喜你，有喜啊。

我和喜乐都不能相信。

我问：这有喜了能突然昏倒吗?

医生说：不能，八成是别的病，现在没发作，把不出来，只能把出有喜了。

喜乐转身要对我说什么，却又昏倒在地上。

我抱住喜乐，对医生说：快，快把脉，发作了。

医生激动万分，把了半天，说：从这姑娘的脉象来看，是昏过去了。

我说：废话，这用眼睛就能看出来。

医生说：但是脉象平稳，说明在昏迷的时候并无生命之虞，大可放心。

我问：那这是为什么呢?

医生说：姑娘她以前可曾受伤?

我想半天说：有一次从马上摔下来，弄破不少地方。

医生说：可有马上清理?

我说：没。

医生说：那就不好说了。

我说：究竟怎么了?

医生说：现在也说不清楚，要看。

以后的事情，我再不想详细说，因为要说势必要想起。

我想，喜乐的病是上次从马上摔下来造成的。我答应到了长安马上去看病，后来喜乐再没说起，伤口也慢慢愈合，我就全然忘记。

喜乐的病情慢慢严重，无数医生说，这是不能治的，只能等自己好，如果能自己好的话。

在成寿堂我都忘了有多长时间，一直用药调理，直到银子花完，却没有看见任何起色。喜乐吵着要回那屋子，我只好再和她回去。

我无法去找师父，我觉得师父一定有办法，或者说，江湖里一定有神医。这时候我宁可相信武林不光是暗器胡飞的地方，也是神医济世的地方。

但是，我不能把她一个人扔在这地方，尤其是晚上。这说明无论去哪里，我最多只有一天的时间。

我不知道喜乐究竟会变成什么样，最后会不会死，或者是忽然死去。

喜乐总想表现得还能给小扁剃毛，可是她已经不能再下地走路了。我想，这世间一切都是会还的，比如现在就是我做饭。我能想象我做得有多难吃，可是喜乐却吃得超乎常理的多。我想，生病的人都不是很想吃东西。我问喜乐：你是不是很饿？

喜乐说：不是啊。

我问：那你怎么吃那么多？

喜乐说：我不饿，可是你的孩子饿。

我说：你觉得，我以后应该做什么？

喜乐说：你怎么说得像遗言一样。我想，这是要生宝宝了所以太虚弱了。我其实还能走路的，可是我已经记不清楚好多事了，我们挖的陷阱到什么地方去了，我怕我乱走掉下去，伤到……

我说：这样，我现在就带你去长安，先在成寿堂，然后我就去宫里找，你记不记得师兄，我和你说过了，师父说的，他已经是太子。宫里有太医，肯定能治。这事是不能拖的，我们现在就走。

喜乐没有说话。

半天，喜乐问：你说，他叫什么名字？

我说：我觉得女的还叫喜乐。

喜乐说：哪有觉得名字好就一直用下去的呀，最后都分不清谁是谁，除非只剩下一个。你要不要教他什么？

我说：教很多呢，三个人住了，以后房子还要扩大。你最麻烦了，不能多加一间，你看，只能再弄大，还没想好怎么弄呢。

喜乐说：我不麻烦的，我搬出去住，房子里还是两个人。

我说：你搬哪里？

喜乐问：我们还有多少银子啊？

我说：还有不少。

喜乐说：你以后怎么办呢？

我说：等你好了再说。

喜乐说：我肚子痛。

我说：不是要生了吧？

喜乐说：还没到时间呢，你真急，如果生不出来，你就用剑，不能用你那把，把我肚子——

我说：你说什么呢。你先躺着，我想想办法。

喜乐说：你最没办法了。

我说：你上回偷的那瓶水呢，万永山庄里的。

喜乐说：我不是偷的。我是给你拿的，我怕你中毒。

我说：现在我不是没中毒吗，藏在哪里？

喜乐说：床底下。

我往床底下一看，发现有不少东西，我问：都是什么啊，该不都是你上街偷的吧？

喜乐说：我没偷过东西。那是每次去城里偷偷给你买的。

我说：是什么啊？

喜乐说：你不懂的，织衣服用的。

我说：那我怎么从来没发现啊？

喜乐说：你的眼睛从来没用在我身上吧，我抱了这么多东西回来你都没发现。

我找出那号称解一切毒的水，对喜乐说：喝下去。

喜乐说：不喝，我又没中毒。

我说：喝了，听话，如果这个没有用就带你去看太医。

喜乐说：不喝，这个以后还可以防万一，你最粗心，如果挖陷阱的时候被蛇咬了，正好可以用。还可以卖掉一半，如果我们没银子了。

我说：喜乐，喝了。

喜乐这才不说话，喝下一小点。

我说：以后，每天都要喝。觉得怎么样？

喜乐说：我本来就没事，只是虚弱，可能是他太强壮了。

我说：谁？

喜乐说：你真笨。等我好了你还是只能干体力活，比如挖陷阱拔草劈柴之类的。就是我的肚子有点痛。

我说：我带你去找太医。

喜乐说：我看见你高兴，我就高兴，看见你难过，应该就会难过，可是我从没看见你难过呢。你应该是从来不难过的人。少林死了那么多人你都不难过呢，我偷偷哭了很多次。

我说：因为那些是和我不相干的人。

喜乐说：我很难过。不过你从不难过是好事情，至少在我记忆里，你还没难过过一次，这说明你还是不一样啊。哈哈，你说，我如果死了，你会不会难过啊？

我摸摸喜乐的头说：我都难过很长时间了。

喜乐说：那我怎么看不出来。

我说：我没有表现出来。

喜乐说：你是什么都不表现出来吗？

我说：是。但是这些日子，我很着急。

喜乐说：着什么急啊？

我说：不着急什么，我说错了。你自然会慢慢好的。

喜乐说：那我也想好了，你去宫里找找师兄，让他带个好太医。现在就去。

我说：喜乐，你没事吧？

喜乐说：我想病早点好。

我说：好，我这就去。可是已经是晚上了。

喜乐说：没事的，我什么都不怕。

我说：你等我，我骑小扁走，这样快点，来回很快。剑留在你这儿。

喜乐说：好。这次我不乱劈了。

我说：马上回来。

说完转身就走。

喜乐说：等等。

我停住问：怎么了？

喜乐看着我说：小扁天生脚短，你好好骑它。

我答应后马上转身离去，骑上小扁就走。

还没到长安，我就渐渐感觉不对。我觉得喜乐是把我支走的。马上转回树林，我隐约听到孩子的哭声。我想，喜乐难道是不好意思在我面前生孩子吗？

喜乐死后，我再也没有去过那屋子。我总能感觉有个声音在回荡，说：这是你的剑第一次见女人的血，肯定比原来更快了。

当时我想一刀杀了小扁，因为那是喜乐最喜欢的玩伴，可是我觉得喜欢便是希望它在世上。而且我觉得，我才是喜乐最喜欢的玩伴，要杀就把自己杀了。

我看着满是血的床铺说：这是难逃的。

我相信这话是承上面我萌发的念头的。

喜乐让我很为难。在她看到的那部分里，我始终没有为任何事情痛不欲生，并且留下了一个包袱，让我不得不继续在这愚蠢的世界里生存。

不如我所想的，我还是记得自己把喜乐埋葬到了什么地方。这里将是我回忆里最恐怖的地方，我决定一辈子都不再去那里，有生之年都不去看望，因我相信她早已不在这里。而我们迟早会再在一起给小扁剃毛，只是需要完成一些事情。这些事情竟然不是江湖恩怨，只是把一个小孩带大。

是年，灾荒在冬天渐渐过去。我始终没有去看过师父，没有再回到寺里，因我还是不愿提到喜乐。我看见师兄的一个告示，说：朕欲天下大兴，必须天下一心。任何私党，除去正统少林留中级以上弟子，其余一并清理，所有帮派取消帮名，归于公选之盟主万永，江湖为盟，并入征军。

我想，这意思是要趁外头混的那些都没吃饱，一起灭了。

我遇到过无灵一次，在逐城。我们居然在同一个地方要杀同样一个人。我说：久仰，你不是已经收手了吗？

他说：少问。

我说：我要养活一家。就让我提他人头回去。

无灵说：好，我是实在看不下去，要取他性命。既然你还能换点钱，就给你了。

我说：谢过。

无灵说：你要看好你的剑，是很好的剑呢。

我一摸，诧异地问：你什么时候拿走的？

无灵说：少问。江湖大得很，你只是一小部分。

说完掏出一张银票说：这是给你小家人的压岁钱。还有，你夫人的墓都很脏了，要去清理。事情总是躲不掉的。

然后再没机会见到。

我在雪邦的茶楼里。刘义找到我，说：江湖里人都知道，他是你师兄，你去劝劝他。要不这样，我们帮派的兄弟都商量好了，只要你能趁和他面谈时一刀杀了他，我们里应外合，把朝改了，你当皇帝，我还是当我的小帮主。

我说：我当不了皇帝，你也当不了。我没办法。我是来看雪山的，正好被你碰上。正好还是两个人。哈哈，没想到是和你。

刘义说：当了皇帝，很多财宝，很多女人，你想要什么样的有什么样的，不成能给你演成什么样的。就这事情，我们可以慢慢聊聊。

我说：不聊了。

刘义咬牙道：我知道你夫人死了快一年了。我给你物色了一个，放心，是前些日子大灾的时候花三个饼买的，很懂事漂亮，没糟蹋过，你自己看，专给你留的，我也算是够情义。

说着一个女的被推上来了。

我抬头看一眼，问：你叫什么名字？

姑娘缓缓说：米豆。

我说：怎么叫这名字？

米豆说：不知道。家里的愿望吧。

我缓缓说：米豆。像喜乐一样，都是愿望。

姑娘又低头，缓缓说：米豆。

……

（全文完）

后记

其实如果后记和前言是一个人写的，那是很没有意义的一件事情。我相信，这些是可以并起来的。只是对于我而言，在一本书里，我最喜欢写的是序和后记，尤其是后记，这说明，你终于写完了。

故事的最后已经几乎不是最初想的样子。我想书中的事情应该是没有结束的。但是我也不知道是否有天会写下去，因为它只是看上去没有结束罢了。怎么说结束不结束这事情？我要说的是，这次就到这里，暂时只有这些是我想表达的。

作为人的本能，总是希望对方把事情都讲清楚。这世间再复杂的事情也能讲得清楚。但关键是讲得清楚却弄不明白，既然这样，就当我没讲清楚。

我现在想的是一个很题外的东西，像我这样喜欢写前言后记的人，如果有一天写自传，是不是也要假装有前言后记？那自传这么厚都写些什么了？

因为你最终要回到现实，所以我宁愿将此作为《长安乱》的结局。

韩寒

1982年9月23日出生

作家、赛车手、导演

小说、散文作品总销量超2000万，被翻译成十余种语言在全球出版

作品：

小说

《三重门》《像少年啦飞驰》《长安乱》《一座城池》

《光荣日》《他的国》《1988：我想和这个世界谈谈》

散文

《零下一度》《就这么漂来漂去》《我所理解的生活》

杂文

《通稿二零零三》《杂的文》《可爱的洪水猛兽》《青春》

主编：

《独唱团》

《很高兴见到你》《去你家玩好吗》《想得美》

《不散的宴席》《在这复杂世界里》《和喜欢的一切在一起》

《我们从未陌生过》《可以不可以》

电影：

《后会无期》《乘风破浪》

赛车：

中国职业赛车史上唯一场地与拉力双冠军

长安乱

产品经理｜张哲玮　　责任印制｜路军飞

产品统筹｜陈　曦　　出 品 人｜吴　畏

图书在版编目（CIP）数据

长安乱 / 韩寒著. -- 天津 : 天津人民出版社,
2017.12（2018.1重印）
ISBN 978-7-201-12615-9

Ⅰ. ①长… Ⅱ. ①韩… Ⅲ. ①长篇小说—中国—当代
Ⅳ. ①I247.5

中国版本图书馆CIP数据核字(2017)第284322号

长安乱

CHANGAN LUAN

出　　版　天津人民出版社
出 版 人　黄　沛
地　　址　天津市和平区西康路35号康岳大厦
邮政编码　300051
邮购电话　022-23332469
网　　址　http://www.tjrmcbs.com
电子信箱　tjrmcbs@126.com

责任编辑　金晓芸
产品经理　张哲玮

制版印刷　山东鸿君杰文化发展有限公司
经　　销　新华书店
发　　行　果麦文化传媒股份有限公司
开　　本　880×1230毫米 1/32
印　　张　6
字　　数　120千字
版次印次　2017年12月第1版　2018年1月第2次印刷
定　　价　39.00元